La falsa esposa del jeque

Kristi Gold

Editado por Harlequin Ibérica.
Una división de HarperCollins Ibérica, S.A.
Núñez de Balboa, 56
28001 Madrid

I.S.B.N.: 978-84-687-7616-3
Depósito legal: M-34323-2015
Impresión en CPI (Barcelona)
Fecha impresion para Argentina: 18.7.16
Distribuidor exclusivo para España: LOGISTA
Distribuidores para México: CODIPLYRSA y Despacho Flores
Distribuidores para Argentina: Interior, DGP, S.A. Alvarado 2118.
Cap. Fed./Buenos Aires y Gran Buenos Aires, VACCARO HNOS.

Capítulo Uno

Si una mujer quería un viaje al paraíso, el hombre que estaba sentado a la barra del bar podía ser sin duda el billete que necesitaba. Y Piper McAdams estaba más que dispuesta a embarcarse en el tren del placer.

Llevaba sentada veinte minutos a una mesa del bar de un hotel de Chicago con un cosmopolitan entre las manos, observando sin pudor los atributos de aquel desconocido. Él llevaba un traje de seda azul marino muy caro, un reloj de mucho valor y lucía su apostura como una bandera. Su cabello castaño oscuro estaba cortado de un modo deliberadamente alborotado, muy sexy, y complementaba a la perfección las ligeras patillas que le enmarcaban el rostro. Y aquellos hoyuelos... Piper los vio la primera vez que sonrió. Nada mejor que unos hoyuelos en un hombre, a excepción tal vez...

Aquel pensamiento se apoderó de su cerebro como una bala, obligándola a cerrar los ojos y a frotarse las sienes como si tuviera un tremendo dolor de cabeza. Achacó aquella reacción a su ya larga estancia en el club de los célibes. No era una puritana, pero le gustaba escoger. No se oponía a probar el sexo antes de dar el sí, quiero en el contexto de una relación con cierto compromiso. Simplemente, no había encontrado al hombre adecuado, no porque no lo hubiera intentado.

Sin embargo, nunca en sus veintiséis años había considerado terminar con su sequía sexual con un perfecto desconocido… Hasta aquella noche.

Una carcajada la hizo volver a mirar al susodicho. Vio que una guapa camarera rubia se inclinaba hacia él, ofreciéndole un escote que podía rivalizar con el Gran Cañón. Él se fijó un instante en la rubia hasta que, de repente, giró el rostro en dirección a Piper.

En el momento en el que las miradas de ambos se cruzaron y él sonrió, Piper apartó el rostro para fingir que buscaba el cuarto de baño. Cuando volvió a mirarlo, vio que él seguía observándola. Empezó entonces a hacer que miraba el teléfono móvil para leer un mensaje inexistente.

Genial. Estupendo. La había sorprendido mirándolo como una colegiala. Acababa de darle un buen empujón al ego de aquel desconocido. Él no se interesaría por ella, una morena corriente y del montón, cuando tenía una rubia despampanante a su disposición. Seguramente, podía tener a cualquier mujer en un radio de mil kilómetros y ella ni siquiera se reflejaría en su radar. Se sacó el espejo del bolso y se miró de todos modos, para asegurarse de que seguía bien peinada y que el rímel no se le había corrido.

Decidió que tomarse tales molestias por un hombre como aquel era algo ridículo. Aquel atractivo desconocido no se dignaría a mirarla por segunda vez.

−¿Está esperando a alguien?

Piper sintió que el corazón le daba un vuelco al escuchar el sonido de su voz. Una voz profunda, con acento británico. Cuando ella se hubo recuperado lo suficiente para echar un vistazo, el pulso se le aceleró al encontrarse frente a frente con aquellos ojos tan increíbles, unos ojos de una tonalidad marrón, tan claros y brillantes como si fueran topacio pulido.

—En realidad no. No estoy esperando a nadie —consiguió decir por fin.

Él colocó la mano sobre el respaldo de la silla que había frente a ella. Llevaba un sello de oro en el dedo meñique con un único rubí.

—¿Le importa que me siente?

—Adelante —dijo ella conteniendo a duras penas su entusiasmo.

Después de dejar la copa sobre la mesa, él dejó el abrigo en el respaldo de la silla y se sentó como si aquello fuera normal para él. No para Piper.

—Me sorprende que no esté en compañía de un hombre —dijo él—. Es demasiado hermosa para pasar sola un sábado por la noche.

Ella se quedó atónita por el cumplido y por la sonrisa que él le dedicaba.

—En realidad, acabo de marcharme de un cóctel.

—¿Aquí en el hotel?

—Sí, una fiesta en honor de un jeque asquerosamente rico de váyase usted a saber dónde. Fingí un dolor de cabeza y me marché antes de saludarlo. Menos mal, dado que, por mucho que me esfuerzo, no me acuerdo de cómo se llama.

—¿Príncipe Mehdi?

—Eso es.

—Da la casualidad de que yo también me marché hace unos instantes.

«Vaya metedura de pata», pensó Piper.

—¿Conoce usted al príncipe?

—Lo conozco desde hace mucho tiempo. En realidad, desde que nació —añadió con una sonrisa.

Piper tragó saliva. Deseaba que se la tragara la tierra.

—Siento haber insultado a su amigo. Es que tengo una ligera antipatía por los hombres ricos. Jamás he encontrado a uno que no se crea que se lo merece todo.

Él acarició el borde de la copa con un dedo.

—En realidad, algunos dirían que es un hombre bastante agradable.

Piper lo dudaba.

—¿Y le merece a usted él esa opinión?

—Sí. De los tres hermanos Mehdi, seguramente es el que más tiene los pies en el suelo. Y, sin duda alguna, es el más guapo de todos.

De repente, Piper se dio cuenta de que se había olvidado de los buenos modales y extendió la mano.

—Me llamo Piper McAdams. ¿Y usted es?

—Encantado de conocerla —dijo él mientras aceptaba la mano que ella le ofrecía. Entonces, deslizó suavemente el pulgar por la muñeca antes de soltársela.

Piper se echó a temblar, pero se recuperó muy rápido.

—¿Y bien? ¿Cómo se llama usted?

—A.J.

—¿Sin apellidos?

—Por el momento, me gustaría preservar un poco de misterio al respecto. Además, los apellidos no deberían ser importantes entre amigos.

Resultaba evidente que él estaba ocultando algo, pero las sospechas que ella presentía no podían competir con la atracción que sentía por aquel misterioso desconocido.

—No somos amigos exactamente.

—Espero poder remediarlo antes de que termine la noche.

Piper tan solo esperaba poder sobrevivir a estar sentada frente a él sin perder la compostura. Cruzó una larga pierna por encima de la otra bajo la mesa y se tiró del bajo del vestido de punto.

—¿Y qué haces para ganarte la vida, A.J.?

Él se aflojó la corbata antes de entrelazar los dedos encima de la mesa.

—Soy el piloto de una familia muy rica y bastante famosa. Prefieren mantener su intimidad.

—Debe de ser una gran responsabilidad.

—No tiene ni idea. ¿Y qué hace usted para ganarse la vida, señorita McAdams?

—Te ruego que me llames Piper. Digamos que sirvo como embajadora de buena voluntad para clientes asociados a la empresa de mi abuelo. Requiere viajar un poco y bastante paciencia.

Él inclinó la cabeza y estudió el rostro de Piper como si estuviera buscando secretos.

—McAdams es un apellido escocés y el castaño rojizo de tu cabello y los hermosos ojos azules indican que esa puede ser tu nacionalidad. Sin embargo, tu piel no es clara.

Piper se tocó la mejilla como si no tuviera ni idea.

—En mi familia hay sangre colombiana y escocesa. Supongo que se podría decir que soy la mezcla perfecta de ambas culturas.

—Colombiana y escocesa. Una combinación muy atractiva. ¿Tomas el sol en verano?

Sin poder evitarlo, Piper se lo imaginó en la playa… sin bañador.

–Cuando tengo tiempo de ir a la playa, sí. No estoy en casa con tanta frecuencia.

–¿Y dónde está tu casa?

–En Carolina del Sur. Charleston, más concretamente.

–Sin embargo, no tienes acento sureño.

–Lo perdí en un internado femenino de la Costa Este.

Él se inclinó hacia Piper con evidente interés.

–¿De verdad? Yo estuve en una academia militar en Inglaterra.

Eso explicaba su acento.

–¿Cuánto tiempo estuviste allí?

La expresión de él se volvió muy seria de repente.

–Mucho más de lo que debería haber estado.

Piper sospechaba que había una historia que existía detrás de su evidente desdén.

–Supongo que se trataba de una academia totalmente masculina.

–Desgraciadamente sí. Sin embargo, estaba situada no demasiado lejos de una escuela religiosa llena de curiosas mujeres. Y nosotros estábamos encantados de satisfacer esa curiosidad.

–¿Eras el líder de las cazas de bragas?

Él sonrió de nuevo.

–Confieso que intenté hacerlo en algunas ocasiones y que recibí varios bofetones por mis esfuerzos.

–Dudo de verdad que ese fuera siempre el caso.

–No siempre –admitió él con una sonrisa aún más amplia–. ¿Caíste tú también víctima de las costumbres poco recomendables de los chicos de internado?

–Mi internado estaba situado en una zona bastante

aislada y las reglas eran muy estrictas. Si un chico se hubiera atrevido a pisar el umbral del internado, seguramente la directora habría disparado primero y habría preguntado después.

Él la miró divertido.

—Estoy seguro de que una mujer con tu aspecto no tuvo dificultad alguna en compensar el tiempo perdido una vez que escapaste de tantas reglas.

Si él supiera lo desencaminado que andaba, seguramente echaría a correr a la salida más cercana.

—Digamos que tuve bastantes chicos rondando la puerta. La mayoría tenía apellidos de importancia y más dinero que habilidad sexual gracias a la insistencia de mi abuelo en que me casara dentro de su círculo social.

—Entonces, ¿no había ningún amante decente entre ellos?

Solo había habido uno, pero había distado mucho de ser decente. Piper se imaginaba que A.J. sería un buen amante y le gustaría mucho descubrirlo…

—Dado que no suelo hablar de mis aventuras, será mejor que dejemos el tema. ¿Tienes pareja?

—La tuve hace casi un año, pero ya no forma parte de mi vida.

—¿Una ruptura dolorosa?

—Digamos que tardó mucho en convencerse de que habíamos roto.

El tono amargo de su voz le indicó a Piper que era mejor no seguir por aquel camino. Se concentró en preguntas más genéricas.

—Cuando te vi por primera vez, estaba segura de que eras italiano. ¿Estoy en lo cierto?

–No, pero me gusta mucho Italia y sé hablar italiano por cortesía de mi antigua niñera.

–En ese caso, la segunda opción es que eres de ascendencia francesa.

–*Je ne suis pas français, mais je peux bien embrasser a la française.*

Un atractivo demonio con unos sugerentes hoyuelos y un buen sentido del humor. Una combinación letal.

–Estoy segura de que las chicas de la escuela religiosa apreciaban mucho tu habilidad para dar besos a la francesa. Sin embargo, sigues sin hablarme de tu ascendencia.

–No soy francés, pero me ha impresionado que hables el idioma.

Ella se colocó la mano sobre el pecho con gesto dramático y habló con perfecto acento sureño.

–Mire, caballero, no todas somos señoritas del sur sin estudios. Sé hablar francés, alemán e incluso un poco de japonés.

–Si necesitas un traductor de italiano, yo estaría encantado.

Piper estaría encantada de eso y de mucho más.

–Nunca he estado en Italia, pero me muero de ganas por visitar Roma.

–Debería ser una prioridad. Personalmente, yo prefiero Nápoles y la costa…

Mientras él seguía hablando, Piper cayó completamente en el hechizo de aquella boca y comenzó a fantasear con besar aquellos labios. Las fantasías dieron un paso más allá y empezó a imaginarse aquella boca moviéndose por su cuerpo. Lenta, cálidamente y tan…

–… enormes salmones caminando por la calle y mandando mensajes desde sus *smartphones*.

Piper volvió a la realidad al escuchar aquella extraña afirmación.

–¿Cómo dices?

–Resulta evidente que te he aburrido mucho haciendo de guía turístico.

Afortunadamente, no se había dado cuenta de lo que ella había estado pensando.

–Lo siento mucho –dijo–. Debe de ser el alcohol.

Él extendió la mano y, sin que ella le ofreciera, tomó un trago del vaso de Piper. Entonces, lo volvió a dejar con un golpe seco.

–Es horrible –dijo–. ¿Qué tiene ese brebaje imbebible?

Piper miró el vaso y, de repente, se dio cuenta de que él había acariciado su vaso con los labios. Seguramente, aquello sería lo más cerca que estaría de aquella boca… a menos que diera el salto para transformarse en una chica mala.

–Básicamente, vodka y zumo de arándanos, pero el camarero me lo ha preparado muy fuerte. Se me ha subido directamente a la cabeza.

Él le ofreció su copa.

–Prueba esto.

Ella tomó el vaso y estudió el líquido color ámbar.

–¿Qué es?

–Whisky escocés de veinte años. Cuando lo hayas probado, no te gustará ninguna otra bebida.

A Piper lo que gustaría sería probarlo a él. Si no cortaba en seco aquellos pensamientos, podría ser que perdiera el sentido común.

–No creo que deba. No quiero tener que ir arrastrándome a la habitación.

–Si necesitas ayuda, yo me aseguraré de que llegues sin problemas.

Piper sonrió.

–En ese caso, supongo que podría tomar un traguito.

En cuando el whisky se le deslizó por la garganta, sintió deseos de escupirlo. Se obligó a tragarlo y le devolvió el vaso.

–¿No te gusta? –le preguntó él como si se sintiera insultado.

–Lo siento, pero no es lo mío. No creo que tenga mucha habilidad para apreciarlo.

–¿Y qué tal es tu habilidad para besar?

Justo cuando Piper estaba a punto de sugerirle que lo comprobara, él se irguió en el asiento. Apartó la mirada y se aclaró la garganta.

–Te ruego que me disculpes. Eres una mujer demasiado agradable como para tener que soportar esa clase de comentarios.

–¿Y qué te hace pensar que no me ha gustado un comentario sin importancia alguna?

Él se pasó una mano por la mandíbula.

–Hay un cierto grado de inocencia en ti… tal vez pureza incluso.

Otra vez…

–El aspecto puede resultar engañoso.

–Cierto, pero los ojos no. He notado tu creciente incomodidad durante el curso de nuestra conversación.

–¿Te has percatado también que la incomodidad nace de la atracción que siento por ti? –repuso ella, casi sin poderse creer que hubiera admitido aquello en voz alta.

—Me siento halagado —dijo él sin apartar la mirada de Piper—. Debo admitir que también te encuentro muy atractiva y que me gustaría conocerte mejor. Por eso, tengo algo que pedirte. No tienes obligación alguna de estar de acuerdo, pero espero que lo hagas.

Había llegado el momento de la verdad. ¿Sería capaz Piper de arrojar al viento toda cautela y acostarse con él? ¿Se atrevería a correr el riesgo cuando apenas lo conocía? Claro que sí.

—Tú dirás.

Cuando A.J. se puso de pie y le ofreció la mano, el corazón a Piper le dio un vuelco. Ella contuvo el aliento y esperó a que él le hiciera la pregunta sabiendo ya de antemano que la respuesta sería afirmativa.

—Piper McAdams, ¿me harías el honor de dar un paseo conmigo?

El jeque Adan Jamal Mehdi no llevara a las mujeres de paseo. Se las llevaba a la cama. O al menos, eso había sido antes de que hiciera ese maldito voto de castidad ocho meses antes para que sus hermanos mayores lo tomaran más en serio. Un voto que, de repente, acababa de perder su razón de ser.

Piper McAdams no era la clase de mujer que él solía conquistar. Era ingeniosa y simpática. Normalmente, a él le atraían las mujeres sofisticadas y algo cínicas. A pesar de los altos tacones que ella llevaba, debía de medir poco más de metro y medio. A.J. prefería las mujeres altas, que estuvieran cerca de su más de metro

13

ochenta de estatura. No obstante, tenía unas piernas sorprendentemente largas y unos pechos muy turgentes para una mujer de su estatura. A A.J. le costaba apartar la mirada de aquellos atributos durante mucho tiempo. Desgraciadamente, el voto de castidad no había silenciado su libido en modo alguno, y mucho menos en aquellos momentos.

Pasearon alrededor del lago durante más de veinte minutos, hablando de generalidades, hasta que Adan se quedó sin palabras. Eso no solía ocurrirle nunca. La conversación siempre había sido su fuerte, al igual que la habilidad para besar. Decidió que era mejor concentrarse en la primera.

–¿Tienes hermanos o hermanas?

Una ráfaga de viento obligó a Piper a arrebujarse.

–Una hermana gemela cuyo nombre oficial es Sunshine, pero que prefiere que la llamen Sunny.

A A.J. el nombre le resultó familiar.

–¿Te refieres a Sunny McAdams, la famosa periodista?

Ella sonrió con orgullo.

–La misma. En realidad, somos mellizas, como se deduce por nuestras evidentes diferencias físicas. Ella es rubia y yo morena.

–Piper y Sunshine son nombres muy poco frecuentes. ¿Tenían algún significado para tus padres?

La expresión del rostro de Piper se tornó sombría.

–Según creo, mi madre le puso el nombre a Sunny. Desgraciadamente, no conocemos a nuestro padre. En realidad, no sabemos quién es y no estoy segura de que mi madre lo sepa. Podríamos decir que fuimos una carga para ella. Por eso, nos criaron nuestros abuelos.

–Has dicho que tu madre le puso el nombre a tu hermana. ¿Y quién te puso el nombre a ti?

–Mi abuelo –respondió ella con una sonrisa–. Adora las gaitas y a los gaiteros. De ahí mi nombre en inglés. Y a ti, ¿por qué te enviaron tus padres a un internado?

Adan se había hecho aquella pregunta en muchas ocasiones y siempre había recibido la misma respuesta, una respuesta que no se acababa de creer.

–Era un muchacho incorregible, o por lo menos eso me dicen. Mi padre decidió que me vendría bien la disciplina que proporciona una academia militar.

–Supongo que él no contaba con lo de las cazas de bragas.

–No lo ha sabido nunca –dijo él.

–Estoy segura de que si se lo preguntaras hoy, te diría que lo sabía todo. Los padres y los abuelos tienen la extraña habilidad de enterarse de todo.

Adan se acercó a ella. Entonces, apoyó las manos en la barandilla para mirar el lago.

–Mi padre falleció no hace mucho. Mi madre murió también, pero hace más tiempo.

–Lo siento, A.J. No quería ser tan poco considerada.

–No tienes necesidad alguna de disculparte, Piper. No lo sabías.

Como tampoco sabía que él provenía de la realeza de Oriente Medio, y eso le molestaba. No obstante, ella había dejado muy claro que detestaba a los hombres de dinero. La fortuna de Adan era bastante cuantiosa. Por esa razón, seguiría manteniendo oculta aquella información.

Aquella noche, prefería ser tan solo el piloto, no el príncipe.

–¿Fuiste a la universidad? –le preguntó él mientras observaba la vista para poder controlar el deseo que sentía por ella.

–Sí. En Carolina del Sur. Una universidad solo para mujeres. Evidentemente, mi abuelo pensaba que no podía enfrentarme con éxito al sexo opuesto y, dado que él pagaba la cuenta, no me quedó más remedio que aguantar hasta que conseguí sacarme el título.

A.J. se volvió a mirarla. Tenía un codo apoyado aún en la barandilla.

–Dado que, aparentemente, los negocios no son los estudios que tú elegiste, ¿qué harías si no estuvieras ejerciendo tu papel de embajadora de tu abuelo?

–Arte –respondió ella sin dudarlo–. Pintar es mi pasión.

–¿Y por qué no perseguiste ese sueño?

–Tengo varias razones, pero la mayor parte tienen que ver con la obligación –suspiró Piper.

Aquella situación no divergía mucho de la obligación que él tenía para su legado.

–¿Y por qué no permanecer fiel a ti misma y a tu propia felicidad, Piper?

Ella tardó unos segundos en contestar.

–Es complicado.

Él se dio cuenta de que Piper estaba temblando.

–Tienes frío. ¿Quieres regresar al hotel?

–Estoy bien. De verdad.

–No llevas más que un vestido de punto. Sospecho que los dientes te están castañeteando dentro de esa hermosa boca que tienes.

Ella soltó una carcajada.

–Tal vez un poco. Hace bastante fresco para ser ya abril.

–Deja que lo remedie.

Cuando él empezó a desabrocharse los botones de la chaqueta, Piper levantó las manos para impedírselo.

–Dios Santo, no. No quiero ser responsable de que te congeles de frío.

–¿Estás segura? Estoy bastante acostumbrado a las temperaturas extremas.

–Segura. Estoy bien.

Sin aceptar sus protestas, Adan se quitó el abrigo y se lo colocó en los hombros.

–¿Mejor?

–Mucho mejor, pero ahora vas a ser tú el que tenga frío.

No era probable, teniéndola frente a él, con aquel cabello oscuro flotando en la brisa, los ojos azules reflejando la escasa luz y los labios de coral tentándole para que los besara. Adan no se arriesgaba a responder a aquella invitación.

Piper respiró profundamente y exhaló un suspiro.

–Necesito algo más de ti, A.J.

Él esperaba que Piper se refiriera a algo caliente para beber. A una buena excusa que los llevara de nuevo al interior del hotel antes de que su voto de castidad se marchara con el viento.

–¿El qué?

–Necesito que me beses.

¿Qué podía él responder a eso? ¿Debería decirle que no, cuando deseaba decir que sí? Le apartó un mechón de cabello de la mejilla y se la acarició.

17

–No estoy seguro de que eso sea buena idea…

–¿Y por qué no? –preguntó ella con desilusión.

–Porque, si te beso, no me conformaría con solo eso.

Piper le dedicó una sonrisa angelical.

–¿Acaso te cuesta mantener el control?

Antes de que Adan pudiera responder, Piper le rodeó el cuello con los brazos y le obligó a besarla. Adan descubrió inmediatamente que aquel ángel besaba como una diablesa y eso le gustó. Le gustó su sabor, el tacto de seda de la lengua, el modo en el que se apretaba contra él… Sin embargo, le gustaría más si estuvieran en la cama de su hotel, sin la barrera de la ropa.

No obstante, armándose de toda la fuerza de voluntad de la que disponía, se apartó de ella y dio un paso atrás. La mirada de asombro y decepción de Piper lo animó a buscar con ahínco una excusa creíble.

–Eres una mujer encantadora. Demasiada tentación incluso para un hombre con tanto control como yo.

La expresión del rostro de Piper se iluminó.

–Nadie me ha dicho antes algo así.

–Nunca has estado con alguien que lo aprecie.

–¿Y tú aprecias lo que ves?

–Claro que sí, pero también te aprecio y te respeto a ti. Por lo tanto, voy a acompañarte al hotel y a darte las buenas noches.

Eso sería lo mejor si quería mantenerse apartado del sexo durante otros tres meses más.

–Pero la noche es joven… y yo sigo teniendo frío –susurró ella.

–Razón de más para que regreses al hotel.

–¿Tu habitación o la mía?

Parecía decidida a ponerle las cosas muy difíciles.

–A tu habitación. Y luego yo me retiraré a la mía.

–Está bien –suspiró ella por fin–. Si eso es lo que realmente quieres.

Si dijera que así era, Adan estaría mintiendo.

–No se trata de si te deseo. La cuestión es si sería aconsejable dejarnos llevar.

–¿Y la respuesta es?

–Que no.

–Tal vez deberías ignorar el sentido común y hacer lo que te manda el corazón. Los dos somos mayores de edad y libres para hacer lo que queramos. ¿Por qué no aprovechar la oportunidad?

Justo cuando él abría la boca para tratar de defenderse sin mucho entusiasmo, ella volvió a besarle. Aquella vez lo hizo más profunda e insistentemente. Adan le deslizó la mano por la espalda y le cubrió el trasero con la mano. Entonces, la atrajo hacia sí para que ella pudiera sentir su erección con la esperanza de quitarle la idea de la cabeza. El plan falló. Piper realizó un movimiento de caderas que estuvo a punto de desatar su deseo de tal modo que Adan pensó en levantarle la falda, bajarle las bragas y poseerla allí mismo.

Por suerte, el último retazo de autocontrol le impidió dejarse llevar. No podía incumplir el voto ni lo que le dictaba el sentido común por una noche de pasión desatada con alguien a quien, evidentemente, estaría engañando. Debería permanecer firme, con los pies en el suelo, e ignorar el hecho de que tenía a su disposición a una mujer hermosa y sensual.

¿A quién estaba intentando engañar?

–Vamos a mi habitación.

Capítulo Dos

Piper siempre se había esforzado por ser la buena de las mellizas, recta como un huso. Y completamente aburrida. Nunca antes había demostrado tanta decisión con un hombre.

Por eso, resultaba chocante que se encontrara a solas con un hombre en el ascensor y con un único propósito en mente: terminar con el celibato que se había impuesto en la habitación de hotel de un desconocido. Resultaba extraño que A.J. mantuviera las distancias mientras se dirigían a la última planta. Cuando las puertas se abrieron y salieron del ascensor, Piper se sorprendió por lo que vio. Ante ella había una puerta doble flanqueada por dos imponentes guardias de seguridad. Si un piloto requería tal despliegue de seguridad, debía de trabajar para una familia muy poderosa.

A.J. le agarró el codo para guiarla hasta la puerta. Entonces, se detuvo para susurrar algo en árabe. Uno de los hombres se giró inmediatamente e introdujo una tarjeta en la cerradura para abrir la puerta. En cuanto se encontraron en el interior, Piper se tomó un instante para examinar la suite. Exquisitos suelos de madera oscura, enormes ventanales desde los que dominaba la línea del cielo de Chicago e incluso un piano de cola en un rincón. Una suite muy lujosa diseñada para los ricos y famosos. A.J. era un empleado muy afortunado.

Piper iba a hacer un comentario al respecto, pero no logró pronunciar palabra. A.J. se apoderó de su boca. El beso que le regaló tuvo el impacto de una bomba. Terminó de espaldas a la pared con A.J. apretado contra ella y el rostro entre las manos de él.

Cuando comenzó a acariciarla apasionadamente por encima del vestido, el corazón a Piper empezó a latirle apresuradamente. Todos los miedos desaparecieron en alas de una pasión que nunca había experimentado antes con ningún hombre. Aquel sabía perfectamente lo que estaba haciendo. En aquellos momentos, le daba delicados besos en la mandíbula y el cuello antes de llevarle los labios a la oreja.

–Vamos al dormitorio –susurró él–. Ahora mismo.

Ese era el siguiente paso. Un paso muy atrevido. Un paso que Piper jamás había dado con un hombre al que apenas conocía.

–Indica tú el camino.

En cuanto pronunció aquellas palabras, él le agarró de la mano y la guio hasta otra puerta cerrada, ante la que él se detuvo de nuevo para besarla. Le acariciaba posesivamente los costados para luego colocarle las manos en el trasero. A Piper cada vez le costaba más respirar.

De repente, él rompió todo contacto y dio un paso atrás.

–Hay algo que debo decirte antes de que vayamos a más.

Piper consiguió pensar a pesar de la sensual bruma que la embargaba y volvió a la realidad.

–Si te preocupa que esté tomando una decisión animada por el alcohol, te equivocas. Efectivamente, he tomado un par de copas, pero no estoy borracha —añadió—. Esta situación de desconocidos que se encuentran en la noche es una novedad para mí. De hecho, solo he tenido un amante, e incluso llamarlo así es una exageración.

Él pareció completamente confuso por aquella afirmación.

—¿Cómo es eso posible para una mujer tan atractiva?

—Créeme, es posible. Yo soy una mujer muy particular.

—Me halaga, pero eso me lleva a cuestionar que hayas pensado esto lo suficiente.

Ella no quería pensar. Tan solo actuar.

—Mira, en un mundo perfecto, te sugeriría que pasáramos unos días conociéndonos antes de dar este paso, pero, desgraciadamente, hace tan solo unas horas se me informó que tengo que viajar a un país perdido de Oriente Medio para codearme con unos jeques con el propósito de tratar de conseguir un contrato para la conservación del agua.

La expresión de A.J. se volvió muy seria.

—¿Te refieres a los Mehdi?

—Sí, y sé que son tus amigos, pero…

—Tenemos que hablar.

Eso solo significaba una cosa. La fiesta había terminado.

—Está bien —musitó ella incapaz de enmascarar la desilusión de su voz.

A.J. la condujo al sofá. Después de que tomaran asiento, él le agarró ambas manos.

—Eres una de las mujeres más hermosas, inteligentes y misteriosas que he conocido en mucho tiempo. Sencillamente, eres especial. Por esa razón, no quiero aprovecharme de ti.

Piper quiso protestar, pero optó por abordar el tema de un modo más sutil.

—No soy especial en absoluto. Sin embargo, estoy segura de que tú normalmente requieres una amante experimentada. Si esa es tu preocupación, soy mucho más aventurera de lo que parece. Creo que el hecho de que esté en tu habitación de hotel lo demuestra.

A.J. le soltó las manos y se inclinó hacia delante.

—Por mucho que me gustaría descubrirlo, preferiría no complicar las cosas. De ahí que tenga necesidad de confesarte una cosa: soy el piloto de los Mehdi.

Ella abrió los ojos completamente atónita.

—¿Por qué no me lo dijiste desde el principio?

—No importaba hasta que dijiste que ibas a trabajar con ellos. Si el rey se enterara de que me he acostado con una posible clienta, se pondría furioso.

—Tenía que estropearme la diversión un miembro de la realeza —protestó ella—. Por eso no tengo simpatía por esa clase de hombres.

Él apartó la mirada.

—Tendría razón en su condena. Yo tengo una responsabilidad para con los Mehdi y también siento la necesidad de que me tomen en serio.

—¿A cualquier precio?

—Me temo que, en estos momentos, así es.

En otras palabras, el sueño había terminado. Se sintió profundamente humillada y se puso de pie.

—Ha sido un placer conocerte, A.J. Gracias por una velada muy agradable y reveladora.

Piper echó a andar, pero las manos de él le agarraron los hombros y le impidieron abrir la puerta. A.J. le dio la vuelta para obligarla a mirarlo. Tenía una expresión muy solemne en el rostro.

–Piper, hay dos cosas que debes saber sobre mí. En primer lugar, me han enseñado que un hombre solo vale lo que vale su honor, y te aseguro que estoy tratando de honrarte a pesar de que me gustaría quitarte ese vestido negro y llevarte a mi cama. Cuando tengas tiempo de pensar en mi decisión, me darás las gracias por haberte evitado un más que posible error.

Aquellas palabras ofendieron a Piper.

–¿De verdad crees que no sé lo que debo hacer?

–Creo que eres demasiado confiada.

El comentario terminó por enfurecerla profundamente.

–Soy una mujer adulta, A.J., no una ingenua adolescente. Por si te preocupa, tampoco soy una puritana, sino que me gusta elegir bien. Por último, el único error que he cometido esta noche ha sido pensar que podrías ser el hombre que hubiera dado sentido a mi espera. Evidentemente, me he equivocado.

Él le acarició suavemente la mejilla.

–No te equivocas. En lo que se refiere a que nosotros hiciéramos el amor –susurró entrelazando los dedos con los de Piper–, te aseguro que merecerá la pena esperar. Y eso es lo que te propongo. Que esperemos hasta que tengamos la oportunidad de conocernos mejor cuando estés en Bajul.

La ira de Piper estuvo a punto de desaparecer.

–Eso dependerá de si eres todo lo que pareces ser, porque creo que la sinceridad y el honor van de la mano. Ahora, ¿qué era lo segundo que querías que supiera de ti?

Una extraña mirada se reflejó en el rostro de él.

–Sigo creyendo en la caballerosidad. ¿Me permitirás que te acompañe a tu habitación?

Ella negó con la cabeza.

–No, gracias. Soy una mujer, no una niña. Puedo ir sola.

–Como desees.

Después de acompañarla al pasillo, él realizó una ligera inclinación de cabeza.

–Si no te veo mañana en el avión, señorita McAdams, haré por buscarte en Bajul.

Piper se montó en el avión privado, que era muy lujoso y muy grande, apenas cinco minutos antes de despegar por culpa de un atasco y de un taxista demasiado tranquilo. Cuando los cinco hombres que componían su equipo se sentaron, ella siguió de pie. Se detuvo para dirigirse a un hombre de aspecto académico, de mediana edad, cabello escaso y grisáceo y gafas. Esperó que hablara su idioma y que aquel último asiento estuviera disponible.

–¿Está ocupado ese asiento?

–Está reservado para la señorita McAdams –respondió él–. ¿Es usted?

Afortunadamente, no habría barrera lingüística durante el largo vuelo.

–Sí, soy yo.

–En ese caso, el asiento es suyo.

Tras tomar asiento, Piper le ofreció la mano.

–Hola. Me llamo Piper McAdams. Viajo a Bajul con los ingenieros de GLM.

–Soy el señor Deeb –contestó él estrechándole la mano.

–¿Es usted amigo del jeque?

–Soy su adjunto en este viaje.

–Estoy segura de que es muy interesante.

–Ocuparme de la agenda del príncipe Adan puede ser, en ocasiones, un desafío, algo que prueba su ausencia en estos momentos.

–¿Suele llegar tarde?

–En ocasiones, y entre otras cosas.

Piper quiso preguntarle a qué se refería, pero se lo impidió un gran revuelo en la parte delantera del avión. Dio por sentado que el misterioso príncipe había llegado por fin, por lo que se levantó con el resto de los pasajeros y se inclinó hacia el pasillo con la intención de ver algo. Tan solo vio a A.J. ataviado con una impoluta camisa blanca y un traje azul marino adornado con insignias militares. No vio al jeque por ninguna parte.

Entonces, miró al señor Deeb y bajó la voz.

–Debe de ser un piloto estupendo para ganarse ese recibimiento.

Él se aclaró la garganta y apartó la mirada.

–Sí, lo es.

Después de que todo el mundo tomara asiento, Piper hizo lo mismo. Entonces, al ver que A.J. se detenía para hablar con un hombre, sintió que el pulso se le aceleraba.

Al escuchar que el hombre se dirigía a él como príncipe Adan, lo comprendió. Frunció el ceño y se volvió a mirar al señor Deeb.

–No es el piloto del avión, ¿verdad?

Una vez más, el hombre se negó a mirarla a los ojos.

–Sí, es el piloto. Y también el comandante en jefe de las Fuerzas Armadas de Bajul.

–¿Y también es un Mehdi?

–Ocupa el tercer lugar en la línea de sucesión al trono.

«Y un mentiroso de primera», pensó Piper mientras observaba cómo el jeque desaparecía en la cabina del avión. Dio las gracias al cielo por no haber cometido el error de acostarse con él. No obstante, recordó que había sido él quien lo había impedido con sus falsas preocupaciones de ser tan solo un empleado del rey y no un príncipe. Y todas aquellas palabras sobre el honor… Los hombres de honor no engañan a mujeres inocentes ocultándoles su identidad.

Sacó una revista y se puso a pasar las páginas con furia mientras despegaban. No tenía que pasar ni un minuto con A.J. o Adan o como se llamara en realidad. No sería para ella nada más que un bonito encuentro que no había progresado, un hombre al que tenía la intención de olvidar inmediatamente.

–¿Puedo hablar con usted un momento en el salón, señorita McAdams?

Ella levantó la mirada y vio inmediatamente los hoyuelos de A.J., su sensual sonrisa y sus hermosos ojos castaños.

–¿Acaso el avión vuela solo, príncipe Mehdi?

–He entregado los mandos al copiloto para que podamos conversar.

–Creo que aún sigue encendida la señal de que tengamos el cinturón abrochado.

La señal eligió aquel preciso instante para apagarse. A Piper ya no le quedó excusa alguna. Por lo tanto, guardó la revista y se levantó.

–Después de usted –dijo en un tono de voz muy irritable.

Cuando él echó a andar hacia la parte trasera del avión, Piper lo siguió con los ojos bajos para tratar de evitar las miradas de curiosidad de dos azafatas. Él se detuvo para abrir una puerta y le indicó que pasara. Inmediatamente, Piper se encontró en un salón muy lujoso.

–Ponte cómoda –le dijo mientras cerraba la puerta.

¿Cómoda? ¡Ja! Piper escogió la única silla mientras que él se sentaba en el sofá.

–¿Estás disfrutando del vuelo hasta ahora? –le preguntó él mientras colocaba relajadamente el brazo sobre el respaldo del sofá.

–Tan solo llevamos quince minutos de vuelo. Prefiero reservarme mi opinión hasta que aterricemos.

–Hoy estás muy hermosa, Piper –dijo él mirándola de la cabeza a los pies.

Ella se tiró del bajo de la falda para taparse las rodillas. Desgraciadamente, no podía hacer lo mismo con el escote.

–Gracias, pero si crees que los cumplidos te van a salvar después de haberme mentido, estás muy equivocado.

–Estoy siendo absolutamente sincero.

–Perdóname si cuestiono tu sinceridad. Por cierto, ¿cómo se supone que tengo que llamarte?

–¿Cómo te gustaría llamarme?

–¿Imbécil?

Él sonrió.

–Me lo han llamado antes.

–No lo dudo. ¿Cómo se te ocurrió A.J.?

–Mi nombre completo es Adan Jamal. Mis compañeros me llamaban A.J., pero ahora prefiero que me llamen Adan.

–Hubiera preferido que me explicaras todo esto anoche.

La expresión de él se volvió seria.

–Cuando descubrí que estabas en el proyecto del agua, me quedé atónito.

–Y después de saberlo, ¿de verdad creíste que me podrías ocultar tu identidad indefinidamente?

Él suspiró.

–No. Había esperado poder hablar contigo antes del despegue. Desgraciadamente, el tráfico detuvo a mi chófer de camino al aeropuerto y tuve que concentrarme en despegar primero el avión.

La excusa era creíble, dado que ella había tenido los mismos problemas. Sin embargo…

–Me lo deberías haber dicho antes de que me marchara de tu habitación…

Él se inclinó hacia delante. Apoyó los codos en las rodillas y miró la moqueta.

–¿Sabes lo que es que te juzguen por tu estatus en la vida aunque no tenga nada que ver con quién eres realmente?

En realidad, sí. La niña rica nacida de una de celebridad mimada y de un padre desconocido.

–Lo puedo comprender…

–Anoche –dijo él levantando por fin la mirada–, quería que me vieras como un hombre corriente.

—Yo no baso mis opiniones en el estatus social de una persona.

Él se irguió y se pasó una mano por la mejilla.

—Creo que me dijiste que sientes una profunda aversión por los hombres ricos y, más concretamente, por los Mehdi. ¿Acaso no es así?

—Está bien, sí —admitió Piper—. Dije eso. Mis disculpas por generalizar de ese modo.

—Y mis disculpas también por haberte engañado. Te prometo que no volverá a ocurrir tan pronto como te diga algo más que omití anoche.

Justo cuando Piper estaba empezando a pensar que podía confiar en él.

—Te escucho.

—No he tenido relaciones sexuales con ninguna mujer desde la boda de mi hermano mayor.

—¿Y cuándo fue? —preguntó ella sorprendida.

—Hace ocho meses y aproximadamente dos meses después de la disolución de mi última relación.

Piper no se podía creer que un hombre tan vital y tan masculino pudiera pasar tanto tiempo sin sexo.

—Tu ruptura debió de ser devastadora.

—No exactamente. Mis hermanos siempre me han visto como muy poco serio en lo que se refiere a mi papel en la familia. Decidí demostrarles que mi vida no gira en torno a buscar eternamente una nueva conquista.

Piper quería creerlo, pero no estaba segura de que pudiera hacerlo.

—Admiro tu resolución pero, en lo que a ti se refiere, me cuesta el tema de la confianza.

Adan se puso de pie y se acercó a ella para agarrarle

las manos entre las suyas. Entonces, la ayudó a levantarse de la silla.

—Ahora, debo atender mi responsabilidad como piloto de esta nave. Sin embargo, antes de irme, tengo una petición.

—Tú dirás.

—Si me permites que sea tu anfitrión en Bajul, te demostraré que no solo soy un hombre de palabra, sino también con honor.

Eso habría que verlo. Sin embargo, en aquellos momentos, cuando Adan Mehdi la miraba con toda su atención, le resultaba imposible encontrar una sola razón para rechazar su hospitalidad. Desgraciadamente, sabía que si no lograba mantener la cabeza fría, él podría convencerla de cualquier cosa.

—La señorita Thorpe ha venido a verlo, señor.

Genial. Acababa de entrar en el palacio con Piper a su lado para descubrir que tenía una visita poco bienvenida del pasado en la forma de una persistente y egoísta exnovia.

Todo el séquito que los acompañaba se dispersó como ratas en un barco que se hundía.

—¿Sabías que iba a venir, Abdul?

El hombre comenzó a retorcerse las manos.

—No, señor. Intenté pedirle que regresara mañana, pero ella se negó a aceptar mi sugerencia. En estos momentos está en el despacho con… con los que la acompañan. Creo que le interesa hablar con ella, señor.

Era muy propio de Talia aparecer acompañada. Si le montaba una escena, jamás se ganaría la confianza

31

de Piper. Por lo tanto, decidió que lo mejor era que encontrara el modo de mantener separadas a las dos mujeres.

Con eso en mente, Adan se giró hacia Piper y le indicó la imponente escalera que llevaba hasta la planta superior.

—No debería tardar mucho, señorita McAdams. Mientras tanto, Abdul le mostrará sus habitaciones y yo me reuniré en breve con usted en el salón. Abdul, pon sus cosas en la suite que hay frente a la mía.

—Ya iba siendo hora de que hicieras acto de presencia, canalla sin consideración.

Adan se quedó helado al escuchar aquella voz tan familiar. Tenía problemas.

Podía fingir que no la había oído o enfrentarse a lo inevitable como un hombre. Aceptó la segunda opción, a pesar de ser la menos agradable, y descubrió a Talia Thorpe en el vestíbulo, ataviada con un elegante vestido blanco y las manos en las estrechas caderas. Los ojos verdes le ardían de furia.

—Tienes buen aspecto, Talia.

—¿Por qué no me has llamado ni me has mandado ningún mensaje? En el último mes, yo te he enviado al menos cien mensajes.

Adan se atrevió a mirar a Piper, que parecía algo sorprendida.

—Deja que te recuerde, Talia, que rompimos nuestra relación hace un año.

Talia se echó un mechón de su cabello rubio platino por encima del hombro.

—Tú lo rompiste. Y hace diez meses. Si no me hubieras ignorado, no me habría visto obligada a cambiar mi agenda y a hacer este viaje tan largo.

—Tal vez deberíamos seguir esta conversación en un lugar más privado.

Talia señaló a Piper.

—¿Acaso te preocupa que tu nueva conquista tenga que escuchar todos los sórdidos detalles?

—Para tu información, la señorita McAdams está aquí por negocios.

—Y yo también —replicó Talia—. Negocios muy importantes.

—Me resulta difícil creerlo, Talia, pero siento curiosidad. ¿Qué asunto tuyo podría ser de mi interés?

Ella se dio la vuelta y dio una palmada con las manos.

—Bridget, puedes entrar y traerlo ya.

A Adam no le sorprendió no reconocer el nombre. Después de todo, Talia despedía a sus asistentes personales con la misma facilidad con la que se gastaba el dinero. No obstante, le preocupó lo de «traerlo». Se quedó completamente atónito al ver que una mujer entraba en el vestíbulo con un cuco en las manos. Una miríada de pensamientos se apoderó de su mente. Posibilidades impensables. Situaciones inimaginables.

Sin embargo, cuando Talia agarró el cuco y le dio la vuelta, Adan vio el pequeño rostro de un bebé profundamente dormido con una mata de cabello oscuro en la cabeza. En ese instante, sintió que el corazón se le detenía. Empezó a sudar profusamente.

—Adan, te presento a Samuel, tu hijo.

Capítulo Tres

A Piper no le habría sorprendido que Adan Mehdi se hubiera desmayado de la sorpresa, pero él asumió una postura rígida y una expresión dura en el rostro.

–Talia, si crees que voy a aceptar tu palabra acerca de esto, eres completamente idiota –le dijo él apretando los puños.

La mujer señaló al niño.

–Míralo, Adan. No puedes negar que es tuyo. Cabello castaño y piel dorada. Incluso tiene tus hoyuelos. A pesar de todo esto, tengo la prueba a la que te refieres: una prueba de ADN.

–¿Y cómo conseguiste mi ADN? –preguntó él.

Talia se cruzó de brazos y levantó la barbilla.

–Está por todas partes en mi apartamento de París, Adan. Incluso te dejaste el cepillo de dientes la noche que decidiste abandonarme.

Las defensas de Adan parecieron desmoronarse allí mismo, frente a los ojos de Piper.

–Siempre tuvimos mucho cuidado para evitar un embarazo.

Talia se tocó suavemente la barbilla con un dedo.

–Pues yo recuerdo una noche el año pasado en Milán…

–Eso fue tan solo una maldita noche, Talia –replicó él furioso.

—Con una basta —repuso Talia mientras le devolvía el cuco a una Bridget atónita—. Bueno, a lo que importa. Tengo una sesión de fotos en una localización muy remota en Tasmania, lo que te dará la oportunidad de conocer a tu hijo. Hablaremos de los detalles de la custodia cuando regrese el mes que viene.

Adan entornó los ojos con una mirada muy amenazadora.

—Vamos a hablar de esto inmediatamente.

Talia consultó su reloj.

—Mi vuelo sale en menos de una hora.

—No vas a dar ni un paso hasta que hablemos —le exigió Adan—. Al despacho. Ahora mismo.

Después de que Adan y su exnovia se marcharan, Piper miró a su alrededor y vio que Abdul había desaparecido, dejándola sin saber qué era lo que tenía que hacer a continuación. Decidió irse con Bridget. La mujer se había sentado en un banco contra la pared y tenía el cuco a los pies. Piper le sonrió y ella consiguió devolverle el gesto, aunque de manera muy temblorosa. Sin embargo, cuando el bebé comenzó a protestar, la supuesta niñera pareció totalmente alarmada.

Piper se dirigió hacia el cuco y tomó al bebé en brazos. Cuando el pequeño se tranquilizó, Piper miró a Bridget.

—Tú no eres niñera, ¿verdad?

—No —respondió—. Soy la asistente personal de Talia. La última niñera dimitió ayer cuando se enteró de que tendría que venir aquí. Viajar con Talia no es agradable en circunstancias normales, y mucho menos con un niño.

Piper se sentó a su lado y tumbó al bebé sobre un brazo para poder estudiar su angelical rostro.

–Eres precioso, chiquitín, aunque no te pega lo de Samuel. Sam te va mejor.

–No dejes que Talia te oiga llamarlo así –le advirtió Bridget–. Despidió a la primera niñera por eso mismo.

Aquel hecho no sorprendió a Piper después de ver cómo se comportaba la modelo.

–En ese caso, se muestra muy protectora con él.

Bridget frunció el ceño.

–En realidad, no. Creo que lo ha tenido en brazos un puñado de veces desde que nació.

Piper no pudo contener su desprecio, producto de su propia experiencia.

–Las buenas madres abrazan y cuidan de sus hijos, no los entregan a otras personas.

Bridget extendió la mano y acarició el bracito del bebé.

–Tiene razón, pero desgraciadamente Talia no es nada maternal. Está obsesionada por su carrera como modelo y por mantenerse en línea. Lo único que he oído desde que ese niño nació es lo duro que ha tenido que trabajar para volver a recuperar la figura. Verdaderamente creo que esa es la razón por la que ha esperado cuatro semanas antes de traer aquí al niño.

–Al menos, este pequeño tendrá oportunidad ahora de establecer un vínculo con su padre.

–No estoy preparado para criar a un niño, Talia.

«Menudo vínculo», pensó Piper al escuchar el irritado tono de voz del jeque.

La supermodelo salió del despacho con un impaciente Adan pisándole los talones.

–Al menos, no has tenido que sufrir durante trece horas de parto. Además, tú tienes muchos empleados que te ayuden mientras que yo he tenido que contratar a varias niñeras inútiles a lo largo del último mes. Las buenas empleadas son difíciles de encontrar.

–Tal vez eso sea porque no tienes ni idea de cómo tratarlas –musitó Adan.

Talia se dio la vuelta y dejó una enorme bolsa azul al lado del cuco. Entonces, miró a Piper.

–Bridget le dio un biberón hace tres horas, por lo que sin duda tendrá hambre muy pronto. Hay suficientes pañales, biberones y leche en polvo en la bolsa para que le duren hasta mañana, además de algo de ropa. Después, estás sola. Vamos, Bridget.

Sin mirar ni siquiera al bebé, y mucho menos darle un beso de despedida, Talia se dirigió hacia la puerta con la pobre Bridget pisándole los talones mientras que Adan seguía a las dos mujeres a la salida.

Cuando el bebé comenzó a gimotear, Piper dedujo que seguramente necesitaba otro biberón. Afortunadamente, cuidar de un bebé no era un problema para ella, a pesar de que había transcurrido ya bastante tiempo desde sus días como niñera en la adolescencia.

Se colocó al niño en el regazo y rebuscó en la bolsa. Sacó un biberón y lo abrió. El bebé se agarró a la tetina sin dudarlo y comenzó a comer con entusiasmo. Tanta avidez hizo que Piper sonriera. Después de que el bebé se tomara la leche en un tiempo récord, dejó el biberón junto a ella y volvió a colocarse al pequeño sobre el hombro para sacarle los gases. Cuando lo consiguió, volvió a tumbarlo entre sus brazos y le acarició suavemente la mejilla. Durante un instante, el bebé la miró fijamente antes de meterse el pulgar derecho en su rosada boquita.

Cuando el pequeño comenzó a quedarse dormido, Piper experimentó una profunda empatía por aquel precioso bebé. No se podía imaginar cómo alguien podía rechazar tal regalo. No entendía cómo una madre podía abandonar a su hijo con un hombre que, hasta unos minutos antes, ni siquiera sabía que era padre. No obstante, ¿por qué debía sorprenderla? Su propia madre las había abandonado a su hermana y a ella con sus abuelos poco después del parto. Por lo que a ella se refería, las mujeres como Talia Thorpe y Milicent McAdams no deberían tener la capacidad de tener hijos.

A pesar del pobre ejemplo de maternidad que ella había tenido, Piper siempre había soñado con tener hijos. Hasta aquel momento, no había encontrado un candidato ideal para que fuera el padre de su descendencia y ciertamente no se iba a conformar con nada que no fuera una relación plena con un hombre que tuviera los mismos deseos. Un hombre cariñoso, amable, con los pies en el suelo…

–Me voy a mudar oficialmente a la Antártida.

Después de aquella declaración, Adan pasó a su lado y desapareció por el pasillo que salía junto a la escalera. Aparentemente, el Jeque tampoco parecía estar preparado para la paternidad.

Pasaron unos minutos antes de que Adan regresara con una mujer menuda y atractiva que llevaba un impecable traje de chaqueta y falda azul marino. La mujer, que ya tenía el cabello canoso, pareció confusa al ver a Piper con el bebé en brazos.

–¿Puedo ayudarla, señorita?

–Esta es Piper McAdams –dijo Adan–. Ha venido con los ingenieros de la prospección del agua y, mientras esté aquí, es mi invitada. Piper, te presento a Elena Battelli, mi antigua niñera, que ahora se ocupa de dirigir la casa.

Piper se puso de pie y sonrió.

—Me alegro de conocerla.

—Y yo a usted —dijo Elena inclinándose para mirar al bebé—. Es un bebé precioso. ¿Niño o niña?

—Es el bebé de Talia —interrumpió Adan antes de que Piper pudiera contestar.

La sorpresa inicial de Elena se convirtió en una ácida mirada.

—¿Está aquí esa horrible mujer?

—Ya se ha marchado y ha dejado a este niño a mi cargo.

La mujer lo miró asombrada.

—¿Espera que tú cuides a su hijo?

Adan dudó un instante antes de contestar.

—Yo soy el padre, Elena.

—¿Cuánto tiempo hace que sabes de la existencia de este niño? ¿Cómo puedes estar seguro de que esa mujer dice la verdad?

Adan se pasó una mano por el cuello.

—No lo he sabido hasta hoy y ella me ha proporcionado los resultados de las pruebas que demuestran que yo soy el padre. Ahora, antes de que empieces a sermonearme, tengo unas cuantas cosas que debo hacer.

La mujer se cuadró de hombros y lo miró fijamente.

—Esto te lo has buscado tú, Adan Mehdi. Ahora tienes que afrontarlo. Si esperas que yo críe a tu hijo…

—No espero nada en absoluto —replicó él—. De hecho, tengo intención de hacerme cargo por completo de sus cuidados hasta que regrese su madre.

Eso si la supermodelo decidía regresar.

–¿Cree que le gustaría tomar en brazos a su hijo, su alteza? –le preguntó Piper para aliviar la tensión.

La incertidumbre se apoderó de los ojos de Adan mientras se acercaba lentamente a ella.

–Supongo que eso sería lo más lógico…

Piper giró al bebé y lo colocó en brazos de su padre.

–Le prometo que no se va a romper –añadió ella al notar la mirada de preocupación de Adan.

Mientras el jeque tenía a su hijo en brazos por primera vez, la antigua niñera se acercó a él y le colocó una mano en el hombro.

–Es idéntico a ti a esa edad –dijo la mujer con tono reverente–. Un bebe tan bello. ¿Cómo se llama?

–Sam –respondió Piper sin pensarlo–. En realidad, se llama Samuel, pero creo que le pega más Sam. O incluso Sammi –añadió. Entonces, se percató de la mirada de desaprobación de Adan–. Samuel ciertamente no funciona. Por supuesto, su nombre depende tan solo de usted.

–Más adelante, recibirá otro nombre de acuerdo con la tradición –dijo Adan con tono autoritario y majestuoso–. En estos momentos, debemos ocuparnos de su comodidad, lo que empieza por encontrarle una cuna adecuada.

–Aún existe la habitación infantil –le dijo Elena–, y dado que tu hermano y Madison están en estos momentos en su residencia de los Estados Unidos, puedes utilizarla. Incluso sigue habiendo biberones en la alacena y algunos otros objetos en el armario. Sin embargo, me temo que no tenemos pañales ni leche en polvo, dado que los gemelos ya han superado esa etapa. Sin embargo, las cunas siguen estando allí con sus sábanas, mantas y todo lo necesario.

Adan la miró perplejo.

–La habitación infantil está muy lejos de mis habitaciones. Si me necesita durante la noche, no podré oírle.

La antigua niñera tomó al bebé sin permiso de brazos de su padre.

–Hay algo que se conoce como monitor para bebés. Podrás verlo y oírlo cuando estés en tus habitaciones.

–Bien. Haz que instalen el monitor en mi habitación –le ordenó–. Yo me encargaré mañana de todo lo necesario. Has mencionado que Zain está en Los Ángeles, pero no has dicho nada de Rafiq.

Rafiq Mehdi, el rey de Bajul y, según decía el abuelo de Piper, un hueso duro de roer.

Elena observaba al bebé con el cariño de una abuela.

–Rafiq está con su esposa de vacaciones desde la semana pasada. No regresarán hasta dentro de dos días.

Adan se quitó la chaqueta.

–Asegúrate de que Rafiq no sabe nada de esto hasta que yo tenga la oportunidad de hablar con él. Ahora, haz que Abdul me instale el monitor en mi habitación y vigila que se encargue de nuestro equipaje. Ocúpate del bebé mientras le muestro sus habitaciones a la señorita McAdams.

Elena le besó la frente al bebé.

–No tengo razón alguna para vigilar a Abdul. Confío en que hará lo que se le dice –replicó Elena mientras le devolvía el bebé a Adan–. Ahora, si estás decidido a ser un buen padre para tu hijo, deberías comenzar inmediatamente.

41

Adan pareció sentir pánico.

–Pero…

–No hay peros, Adan Mehdi –le espetó la niñera mientras recogía el biberón vacío y volvía a dirigirse a Piper–. Señorita McAdams, ha sido un placer conocerla incluso en circunstancias tan inusuales. Iré a darle instrucciones a Abdul. Te ruego que me informes si necesitas ayuda con el bebé.

Piper sonrió.

–Por suerte, yo hice de niñera varias veces en mi adolescencia, por lo que estaremos bien.

–En realidad, me refería a mi antiguo pupilo.

Cuando Elena se marchó por fin, Piper se quedó a solas con Adan y su hijo.

–Me trata como si aún llevara pañales –dijo él lleno de frustración.

Piper se hizo a un lado y miró al niño, que aún seguía dormido.

–Evidentemente, los dos estáis muy unidos y yo sé que piensa en lo que es mejor para ti.

Él soltó un suspiro.

–Lo sé. Ahora, si estás lista, te acompañaré a tu habitación antes de instalar al bebé en la habitación infantil.

Al ver las dudas que se reflejaban en los ojos de Adan y la inseguridad con la que tenía a su hijo en brazos, Piper sintió una profunda compasión hacia él.

–¿Por qué no lo metemos en el cuco mientras subimos las escaleras?

–No hace falta –respondió él–. Si eres tan amable como para recoger sus cosas, te mostraré el ascensor privado.

Piper no pudo evitar sonreír ante la decisión de Adan de no soltar a su hijo. Tal vez había subestimado su habilidad para adaptarse a su nuevo papel.

Adan tenía todas las riquezas imaginables a su disposición. Sabía volar un avión, esquiar en las pistas más traicioneras y responder ante las fantasías más íntimas de una mujer con poco esfuerzo. Sin embargo, no tenía ni idea de qué hacer con un niño.

Mientras miraba al bebé que tenía en brazos, la propia experiencia paternal de Adan acicateó su deseo de salir airoso en aquella nueva etapa. Se había preguntado a menudo si el hombre que le dio su apellido había sido en realidad su padre biológico. Aquella duda siempre lo había perseguido y siempre lo perseguiría. Se juró darle a su hijo todo lo que necesitara, lo que incluía su total atención.

Su hijo... Jamás hubiera creído que se vería en aquella situación en aquel momento de su vida.

Hasta que Piper habló, no se dio cuenta de que el ascensor se había detenido.

–¿Nos bajamos aquí, su alteza?

–Sí –dijo él mientras salía por la puerta. Entonces, se quedó mirándola–. Te ruego respetuosamente que me sigas llamando Adan cuando estemos solos.

–Está bien, siempre y cuando no te importe que llame Sam a tu hijo.

–Si eso te agrada, estoy de acuerdo. Sin embargo, yo le llamaré Samuel hasta que se le cambie el nombre.

Ella le dedicó una mirada de satisfacción.

–Me agrada profundamente, Adan.

En otras circunstancias, a él le gustaría agradarla de un modo mucho más íntimo. En ese momento, su hijo comenzó a gimotear.

–¿Crees que vuelve a tener hambre?

–Creo que probablemente tiene el pañal mojado –contestó ella–. También creo que deberíamos ir primero al cuarto infantil para ver cómo es.

Buen plan. Al menos, ella podría ayudarle cuando cambiara un pañal por primera vez en su vida.

Piper lo siguió mientras recorría el largo pasillo. Adan se detuvo al fin y abrió la puerta de la habitación infantil que él había ocupado con sus dos hermanos hacía casi treinta años. La habitación seguía prácticamente igual, con dos cunas y una pequeña cama contra la pared, un enorme baúl lleno de juguetes y una minúscula mesa con sillas en el centro de la sala. Allí, Elena les daba clase para que aprendieran italiano y les leía cuentos todas las noches antes de que se fueran a la cama en lugar de la madre a la que Adan jamás había conocido. Sin embargo, eso duró solo hasta que cumplió seis años. Entonces, lo enviaron sin ceremonia alguna a un internado.

El llanto del bebé comenzó a hacerse cada vez más fuerte y apartó los agridulces recuerdos. No sabía qué hacer para calmar a su hijo. Odiaba el fracaso en general y siempre se había esforzado mucho para sobresalir en todo lo que hacía. Sin embargo, aquel ser humano en miniatura lo había dejado prácticamente sin defensas.

Piper se acercó al cambiador y dejó la bolsa y el cuco en el suelo.

–Tráelo aquí.

–Con gusto.

Después de colocar al bebé sobre la mullida superficie, Piper procedió a bajarle los pantalones al pequeño. Entonces, se inclinó para sacar un pañal de la bolsa y colocarlo sobre la mesa.

–Ahora te toca a ti.

–No estoy familiarizado con cómo se cambia un pañal.

Piper suspiró.

–Primero, necesitas quitar el sucio retirando las cintas adhesivas. Pero tengo que advertirte de algo. Debes asegurarte de que estás listo para sujetar el pañal si no ha terminado. Si no, puede que te llegue hasta la cara.

–¿Cómo sabes esas cosas? –le preguntó él.

Piper sacó un pequeño paquete de la bolsa y lo abrió para sacar toallitas de papel.

–Lo aprendí por las malas. Solía hacer de niñera para una familia con tres niños y dos aún llevaban pañales.

Aquella mujer, que tan solo había sido una desconocida para él veinticuatro horas antes, podría muy bien ser su salvadora.

–¿Y ahora qué?

–Agárrale con cuidado los talones con una mano, levántale el trasero y retira el pañal con la mano que te queda libre.

Por suerte, la mano le abarcaba perfectamente los tobillos del niño y este además pesaba lo que una pluma. Cuando volvió a apoyarlo sobre la mesa, miró a Piper.

–Facilísimo.

Ella le quitó el pañal de la mano y lo arrojó al cubo de la basura.

–Cierto, pero aún es muy pequeño. Llegará un momento en que no coopere tanto y que se moverá mucho más.

La imagen del bebé cayéndosele de la mesa lo aterrorizó.

–¿Tendré que atarlo?

Piper se echó a reír.

–Entonces, tendrás experiencia suficiente para ocuparte de él.

Adan sacudió la cabeza.

–No tenía ni idea de que cuidar de alguien tan pequeño requeriría tantos conocimientos. No estoy muy bien preparado para esta tarea.

–Estás más que preparado, Adan –replicó ella. Le entregó una toallita y luego agarró el pañal limpio y lo desplegó–, pero, en estos momentos, tu hijo requiere que termines esta tarea. Después de que lo hayas limpiado un poco, repite el primer paso, solo que esta vez tienes que colocarle el pañal debajo.

Piper mostraba gran paciencia mientras él seguía las instrucciones que ella le daba al pie de la letra. Cuando el bebé estuvo cambiado y vestido, se había vuelto a quedar dormido.

–Ahora, lo meteremos en la cuna –dijo Piper mientras tomaba al niño en brazos y lo colocaba de espaldas sobre una de las cunas.

Adan se acercó con el bolso en la mano. Mientras observaba cómo dormía su hijo, experimentó un fuerte sentimiento de orgullo.

–Debo decir que es precioso.

–Lo es –replicó ella en voz baja–. Ahora, dejemos que duerma antes de que vuelva a ser la hora de comer.

Después de mirar por última vez a su hijo, Adan salió con Piper al pasillo y dejó la puerta entreabierta.

—¿Crees que está bien que lo dejemos solo en un lugar desconocido?

Ella sonrió.

—Va a estar perfectamente durante una hora o así. Y estoy segura de que Elena tendrá el monitor instalado muy pronto para que puedas vigilar todos sus movimientos. Sin embargo, tendrás que enviar a por más suministros mañana.

—Prefiero ocuparme de eso en persona —afirmó él—. Sin embargo, me vendría bien algo de consejo sobre lo que comprar. Si no te importara acompañarme, te estaría muy agradecido. Además, te podría mostrar los lugares de interés que hay por aquí.

—¿Acaso no temes que alguien pudiera reconocerte?

—Tengo maneras de disfrazarme para que nadie me reconozca. Pareceríamos turistas explorando la ciudad.

Piper bostezó sin poder evitarlo.

—Está bien, pero, en estos momentos, me vendría muy bien una siesta.

—Por supuesto —dijo él—. Si me sigues, te indicaré dónde están tus habitaciones.

Adan acompañó a Piper a la suite que quedaba frente a la suya y que estaba situada dos puertas más allá de la habitación infantil. Abrió la puerta y permitió que ella pasara primero. Al ver la enorme cama, Piper se detuvo en seco. Después, recorrió toda la estancia hasta llegar a las ventanas abiertas desde las que se divisaban las montañas.

—Es una vista muy hermosa —comentó sin darse la vuelta.

–Así es. La montaña más alta se llama Mabrúuk. La leyenda dice que bendice a Bajul con la fertilidad.

Ella se dio la vuelta.

–¿Fertilidad para las cosechas?

–No. En realidad, es para el ganado y los habitantes. Nosotros la llamamos la montaña que hace bebés.

Piper sonrió.

–¿Y llegaron sus poderes hasta Milán?

–Tal vez.

La sonrisa se le borró de los labios a Piper. De repente, ella se había sentido muy avergonzada.

–Lo siento. No debería haber sacado el tema. Evidentemente, te ha sorprendido mucho averiguar que tenías un hijo.

–Sí, pero en parte soy responsable. Si hubiera contestado los mensajes de Talia, me habría enterado antes. Sin embargo, francamente, no tenía deseo alguno de hablar con ella después de que rompiéramos la relación. Tras seis años de las estratagemas de Talia he tenido más que suficiente.

–Eso me lleva a otra pregunta, si no te importa.

–Claro que no.

–¿Por qué estuviste con Talia tanto tiempo si la encontrabas intolerable?

Buena pregunta.

–Con toda sinceridad, la atracción que sentía hacia ella era puramente física. En su defensa, tengo que decir que no ha tenido una vida fácil. Prácticamente creció sola en las calles de Londres después de que su madre muriera y su padre ahogara sus penas en los pubs. Bajo esa dura y altiva apariencia, hay una niña perdida que teme a la pobreza y perder el orgullo.

Piper dejó escalar una cáustica carcajada.

–Lo siento, pero eso no la excusa de traer un niño al mundo para ignorarlo después.

Adan recordó la conversación que había tenido con Talia en el despacho.

–Me dijo que pensó dar en adopción a Samuel, pero que sintió que yo tenía derecho a decidir si quería formar parte de su vida.

–¿Y pensó que dejándotelo tal y como lo ha hecho era la manera de hacerlo?

–Talia es muy espontánea y, tal y como te he dicho, me negué a responder a sus mensajes y llamadas.

Piper suspiró.

–Mira, sé que no es asunto mío, pero sospecho que ella podría estar utilizando a Sam como un peón para recuperarte.

–O tal vez para sacarme dinero –repuso él poniendo voz a sus propias sospechas.

–¿Quiere que le compres a tu propio hijo? –preguntó ella escandalizada.

–No me dijo eso exactamente, pero es una posibilidad. Si resulta ser verdad, yo le daría de buen grado cualquier cantidad de dinero por tener la oportunidad de criar a mi hijo sin interferencias.

–Admiro tu convicción, Adan. Sam tiene mucha suerte de tenerte como padre.

–Y yo agradezco la fe que tienes en mí, Piper. No obstante, soy consciente de los desafíos que me esperan.

Ella le dedicó una profunda sonrisa.

–Espera a que le tengas que dar un baño más tarde.

Adan la contempló horrorizado.

–¿Y si se me cae?

–No se te caerá si tienes cuidado –respondió ella mientras le golpeaba cariñosamente la mejilla–. Y yo estaré a tu lado para demostrarte cómo se hace.

Adan le agarró la mano y se la llevó al pecho.

–Eres una bendición, Piper McAdams. Tienes el honor de ser la profesora más atractiva que he tenido nunca.

–En ese caso, estamos en paz –comentó ella en voz baja, en un tono muy sensual.

Adan tiró de ella.

–¿En qué sentido?

Piper se zafó de él y le rodeó el cuello con los brazos.

–Da la casualidad de que nadie me había besado nunca como tú.

Adan quería besarla. Necesitaba besarla. Si lo hacía, con una cama tan cerca, estaba seguro de que toda su capacidad de razonar se marcharía por aquellos ventanales abiertos.

–Perdone, señor…

La voz de Abdul fue tan eficaz como un cubo de agua helada. Adan se apartó de Piper y trató de recuperar la compostura antes de volverse hacia el recién llegado.

–¿Sí, Abdul?

–Tengo el equipaje de la señorita McAdams.

–Tráelo.

El hombre colocó las maletas a los pies de la cama y luego realizó una ligera reverencia antes de salir y cerrar la puerta, algo que Adan debería haber hecho para evitar aquella incómoda situación.

Miró a Piper.

—Siento mucho no haberme ocupado de nuestra intimidad.

Ella le tocó los labios con las yemas de los dedos.

—No deberíamos estar haciendo esto.

—¿Por qué no? —preguntó él muy decepcionado.

—Porque no puedo evitar preguntarme cuánto sabías realmente sobre el embarazo de Talia.

Al ver que ella cuestionaba su honor, Adan respondió con furia.

—Ni siquiera sospechaba remotamente que pudiera estar embarazada. De otro modo, este asunto se habría resuelto desde el principio. Me molesta saber que me tienes en tan baja estima como para pensar que sería capaz de abandonar a mi propio hijo.

—Lo siento —susurró ella—. Ha sido un comentario muy injusto dado lo dispuesto que pareces a cuidar de tu hijo.

La ira de Adan se aplacó al escuchar la sinceridad que había en su voz.

—Tienes todo el derecho del mundo a dudar de mí, Piper, a la luz de lo que pasó al principio entre nosotros. Sin embargo, te juro que haré todo lo que esté en mi mano para demostrar mi honor.

Ella le dedicó una ligera sonrisa.

—Después de conocer a Talia, comprendo por qué hiciste ese voto de castidad.

—Como te he dicho, ella tiene poco que ver con esa decisión. Estoy decidido a demostrar mi autocontrol.

—En ese caso, deberíamos evitar situaciones en las que vayamos a perder la cabeza y que nos van a llevar a hacer algo que los dos lamentemos.

Adan estaba de acuerdo, pero no se lamentaría en absoluto cuando llegara el momento de hacerle el amor a Piper, si es que llegaba. Podría ser que se lamentara de los vínculos emocionales...

—Supongo que tienes razón, pero resulta muy difícil controlar la química.

—Pues tendremos que aprender a controlarla por el momento.

—Esperemos ser capaces...

—Créeme si te digo que tendrás distracciones más que suficientes cuidando de Sam.

Tal vez mientras estuviera cuidando de su hijo, eso sería cierto. Sin embargo, ella sería su máxima distracción en privado. Por ello, comenzó a retroceder hacia la puerta para alejarse de aquellos sentimientos tan desconocidos que Piper despertaba en él y que parecían tener poco que ver con la atracción física.

—Hablando de mi hijo, voy a ver cómo está. Mientras tanto, tú deberías descansar.

Ella volvió a bostezar y estiró los brazos.

—Una siesta sería estupenda. Al igual que una ducha. ¿Hay una cerca?

—Tienes tu propio cuarto de baño al otro lado de esa puerta. Mi habitación está enfrente, por si necesitas algo.

—Estoy segura de que me las arreglaré, pero gracias de todos modos.

—De nada. Espero que ese descanso que tanto necesitas se vea lleno de agradables sueños.

Sin duda, él tendría sueños agradables, y poco aconsejables, con Piper.

Capítulo Cuatro

Al escuchar el llanto de un bebé, Piper se despertó sobresaltada. Trató de recordar dónde estaba, pero la habitación estaba demasiado oscura como para poder ver nada. A tientas, buscó la lámpara de la mesilla de noche y la encendió.

Tras levantarse de la cama, se dirigió al cuarto de baño para desenredarse el cabello. Luego, fue al vestidor para ponerse algo más adecuado antes de ir a ver cómo estaba Sam. Sin embargo, el llanto era tan desesperado que se limitó a colocarse bien la bata y a atársela con el cinturón antes de salir al pasillo descalza.

Se detuvo frente a la puerta de la habitación infantil, que estaba entreabierta. Vio que Adan tenía al niño en brazos y que no hacía más que pasearlo por la habitación con la intención de calmarlo. El niño estaba llorando desesperadamente, por lo que Piper entró a pesar de que no se sentía muy cómoda con su vestimenta. Mientras ella llevaba tan solo una fina bata, él iba vestido con una camiseta blanca y unos vaqueros. También estaba descalzo. Con el cabello revuelto, resultaba tan sexy y tan tentador…

–¿Tienes problemas?

Adan se detuvo y le dedicó una mirada desesperada.

–Le he dado de comer dos veces y le he cambiado

más veces de las que soy capaz de contar y sigue llorando a pleno pulmón.

Piper se acercó a él y le quitó al bebé de los brazos. Entonces, comenzó a golpearle suavemente la espalda al pequeño.

–¿Le has sacado los gases?

–Pues no… No lo he hecho.

–En ese caso, probablemente sea que le duele un poco la tripa por los gases –dijo ella. Se sentó en la mecedora y se colocó al bebé en las rodillas para frotarle la espalda–. ¿Te dijo Talia algo sobre si tenía cólicos? –le preguntó. Al ver que él no entendía, se dispuso a explicárselo–. A algunos bebés, les ocurre lo mismo todas las tardes. Básicamente, se trata de un dolor de estómago que no se puede explicar. Lo positivo es que se resuelve solo, normalmente cuando alcanzan los tres meses de edad.

Adan se metió las manos en los bolsillos y se acercó a ella lentamente.

–Dudo que Talia hubiera sabido que el bebé tuviera ese problema. ¿Estás segura de que no es peligroso?

–Claro que no es peligroso, pero debería verlo un médico lo antes posible tan solo para asegurarnos de que está sano y que crece como es debido. ¿Te dejó Talia su cartilla médica?

–Eso sí –afirmó él–. Mi cuñada, que es la reina y la ministra de Sanidad, es médico. Haré que examine a Samuel en cuanto regrese a finales de semana.

Aunque Sam había dejado de llorar desesperadamente para pasar a sollozar suavemente, ella siguió frotándole suavemente la espalda con la esperanza de aliviarle el dolor de tripa.

—Está bien tener un médico en la familia. ¿Cómo crees que se tomará el rey las noticias sobre Sam?

—Él no es ajeno al escándalo, por lo que no tiene razones para juzgarme.

—Recuerdo haber leído algo sobre que él se casó con una mujer divorciada.

—Maysa es una mujer estupenda. Se diga lo que se diga sobre la fama de rígido que tiene Rafiq, hay que reconocer que, al menos, ha estado dispuesto a llevar al país al siglo XXI.

Piper se alegró de ello. La alegría continuó cuando el pequeño levantó la cabeza y dejó escapar un sonoro eructo.

—Creo que a Sam le vendría muy bien un baño caliente ahora que hemos resuelto su problema gástrico. Si tú estás demasiado cansado, puedo dárselo yo.

Adan sonrió.

—Mientras tú estés aquí para guiarme, soy un estudiante aplicado.

Piper se colocó a Sam en el hombro, se levantó de la silla y señaló el armario que había en un rincón.

—Elena dijo que seguía habiendo ahí algunas cosas. Ve a ver qué es lo que hay.

Adan se dirigió al armario y lo abrió. En su interior, había estanterías repletas con toda clase de productos y de ropa infantil.

—Si no tenemos ahí todo lo que necesitamos, en ese caso es que no existe.

Piper se acercó también a mirar.

—Tienes razón y veo exactamente lo que necesitamos en la estantería superior. Agarra la bañera y dos toallas. Trae el champú también.

Cuando Adan hubo hecho lo que ella le había pedido, se dio la vuelta para mirarla.

–¿Algo más?

–Ahora, vamos al cuarto de baño para asear a este pequeñín.

–Está por aquí –dijo Adan mientras abría una puerta que quedaba a su derecha.

Piper entró al cuarto de baño, seguida de Adan.

–Deja las toallas en el tocador y pon la bañera en el lavabo –le ordenó–. Asegúrate de que siempre tienes todo a mano.

–¿Por si se sale de la bañera?

Piper soltó la carcajada.

–De momento no, pero ya lo hará. Cuando sea demasiado grande para esto, tendrás que bañarle en la bañera normal.

–Pues estoy deseando que llegue ese momento…

–Y llegará antes de que te des cuenta.

Después de que Adan se asegurara de que tenía todo a mano, Piper le entregó al niño.

–Ahora, túmbale y desnúdale en esa mesa mientras me ocupo del agua.

Cuando la bañera estuvo llena hasta la mitad ella deslizó las manos suavemente debajo de Sam y lo colocó con mucho cuidado en la bañera.

–Te toca, papá.

Sam parecía estar disfrutando plenamente del proceso, pero su padre no tanto. Sin embargo, Piper admiró el cuidado con el que bañó al pequeño aunque a veces parecía muy inseguro, sobre todo cuando llegó el momento de sacarlo del baño.

–Está empapado –dijo–. ¿Y si se me cae?

Como consideración a su falta de experiencia, Piper se hizo cargo de Sam. Lo sacó colocándole las manos bajo los brazos y sujetándole cuidadosamente la cabeza. Entonces, lo envolvió cuidadosamente en la toalla con capucha.

–¿Ves lo fácil que ha sido?

–Fácil para ti. Yo voy a necesitar más práctica.

–Te aseguro que la tendrás.

Después, Piper llevó al bebe de nuevo a la habitación y lo colocó en el cambiador. Lo vistió con un pijama de una pieza de color blanco. Sam tenía los ojos muy abiertos. Sin poder evitarlo, se inclinó sobre él para darle un beso en la mejilla.

–Ahora eres un bebé muy feliz, ¿verdad, cielo? Y hueles tan bien…

–Eres una madre nata, Piper McAdams.

Ella se irguió y vio que Adan la estaba observando atentamente con una suave sonrisa en los labios.

–Eso no lo sé, pero adoro a los niños.

Adan tomó en brazos a su hijo.

–Y yo diría que este pequeñín está absolutamente prendado de ti, y no puedo decir que le culpe por ello.

Piper sintió que las mejillas se le sonrojaban al escuchar aquel cumplido.

–Eres un gran padre, Adan. Los dos vais a ser un equipo estupendo durante muchos, muchos años.

El orgullo que se reflejaba en el rostro de Adan era inequívoco.

–Estoy decidido a hacerlo lo mejor posible con él. Sin embargo, presiento que lo de la hora de irse a la cama va a ser un problema. No parece tener nada de sueño.

Piper miró el reloj de la pared y vio que eran las nueve y media.

–No sabía que era tan tarde. Me he saltado la cena.

–Por supuesto –dijo él–. Regresa a tu habitación y haré que te suban la cena.

No le gustaba dejarle solo en su primera noche como padre.

–¿Estás seguro? En realidad, no tengo tanta hambre –mintió.

–Tengo que aprender a hacer esto solo –dijo–. Tú necesitas comer y dormir para tener fuerzas para nuestras compras de mañana.

–Está bien, pero te ruego que me llames si necesitas ayuda con Sam durante la noche.

Adan extendió la mano y le apartó un mechón de cabello del rostro.

–Has hecho más que suficiente, Piper. No te puedo expresar lo mucho que agradezco tus consejos.

Adan no sabía lo mucho que ella apreciaba que estuviera dispuesto a criar a un niño solo.

–Ha sido un placer. Antes de que me acueste, haré una lista de lo que necesitas para el bebé.

Él sonrió, mostrándole los hoyuelos en todo su esplendor.

–Me encantará ir de compras. Me va a gustar mucho presumir de mi hijo por toda la ciudad.

Piper quiso aconsejarle que no atrajera demasiada atención hacia su hijo, pero Adan parecía tan orgulloso de Sam que no se atrevió a quitarle la idea. En sus veintiséis años de vida, jamás había visto a su madre expresar tal devoción.

No obstante, sabía que un escándalo afectaría de

pleno a la familia real. Debían jugar bien sus cartas para que nadie descubriera al príncipe disfrazado.

Piper habría jurado que la dependienta había reconocido a Adan, a pesar de que él llevaba puesta una gorra, gafas de sol, unos pantalones color caqui, una camiseta negra y botas muy pesadas. Aquella mañana no se había afeitado. A Piper le gustaba aquel aspecto desaliñado y varonil. Tal vez aquello era lo que había atraído la atención de la joven dependienta. El irresistible magnetismo animal de Adan.

Debía de ser eso. ¿Por qué si no se echó a reír cuando Adan le entregó el listado de lo que necesitaban? Desgraciadamente, Piper no entendía ni una palabra de lo que hablaban y había empezado a asumir que Adan podría estar concertando una cita.

El bebé comenzó a agitarse en la silla de paseo, que era lo primero que habían comprado. Aquello le dio una excusa válida a Piper para interrumpir la conversación.

—Creo que Sam va a querer tomar un biberón muy pronto.

Adan se apartó del mostrador y miró a Sam, que parecía estar a punto de echarse a llorar.

—Me parece que tienes razón. Deberíamos terminar pronto.

Después de que Adan volviera a hablar con la dependienta, ella desapareció en la trastienda y regresó unos minutos más tarde con un hombre de mediana edad que llevaba tres cajas de cartón. Cuando la mujer terminó de meter todo lo que habían comprado en bolsas, Adan sacó el dinero y lo contó. Entonces, sonrió a su admiradora.

Piper decidió que había que marcharse de allí antes de que la enamorada dependienta se desmayara. Se puso las gafas e inmediatamente se dio cuenta de que iban a tener un problema para transportarlo todo al coche. El chófer había aparcado en un callejón a dos manzanas de allí con la esperanza de que no los reconocieran.

–Parece que va a hacer a falta que hagamos varios viajes al coche para llevar todo esto.

–Yo me ocuparé –dijo Adan mientras se dirigía a la salida y dejaba a sus espaldas a Piper con el inquieto bebé.

Adan regresó unos instantes después con tres adolescentes vestidos con túnicas musulmanas. Les entregó a cada uno unos billetes y les dio las órdenes pertinentes. Inmediatamente, los tres recogieron las bolsas y esperaron instrucciones.

Tras abrir la puerta, Adan llamó a Piper.

–Después de ti, bella dama.

–Gracias, amable señor –bromeó ella–. Te ruego que traigas la silla y la bolsa.

Por fin, los dos salieron a la calle y comenzaron a andar hacia el lugar en el que les esperaba el chófer.

Cuando doblaron una esquina y entraron por fin en el callejón, unos gritos sobresaltaron al bebé y lo despertaron. Sam comenzó a llorar y Piper se sintió presa del pánico al ver que un grupo de personas se les acercaba. La mayoría eran reporteros, a juzgar por los micrófonos que acercaban al rostro de Adan. Ella no pudo comprender las preguntas hasta que uno de aspecto occidental no utilizó el árabe para dirigirse a ellos.

—¿De quién es ese niño, jeque Mehdi?

Abrumada por la necesidad de proteger al pequeño, Piper respondió sin pensar.

—Es mío.

Ella consiguió abrir la puerta del coche mientras el chófer cargaba el maletero. Sin embargo, uno de los reporteros impidió que Adan pudiera meterse en el coche.

—¿Es ese niño su hijo bastardo?

Adan agarró al periodista por el cuello de la camisa con ambas manos.

—Ese niño no es ningún bastardo —le espetó—. Es mi hijo.

Piper vio que se avecinaba un desastre y tuvo que intervenir.

—Adan, no merece la pena.

El reportero la miró.

—¿Es esta mujer su amante?

Adan la miró y dijo:

—Esa mujer es… es mi esposa.

—¿Tu esposa? ¿En qué estabas pensando, Adan?

Efectivamente, él no había estado pensando al enfrentarse con el periodista. Sin embargo, después de pasarse una hora larga sentado en la terraza que había en el exterior de la habitación infantil, había estado pensando. Y mucho.

—Ese maldito imbécil insultó a mi hijo y luego te insultó a ti.

Piper se sentó frente a él.

–Decirle a la prensa que estamos casados ha sido una decisión un poco extrema, ¿no te parece?

–Si no hubieras empezado tú diciendo que eras la madre de Samuel, yo no habría tenido que defender el honor de mi hijo y el tuyo.

Ella le dedicó una triste mirada.

–Para tu información, yo simplemente estaba tratando de evitar que tuvieras que responder preguntas que no estabas preparada para contestar. No tenía ni idea de que le ibas a decir al mundo que tú eres el padre de Sam, como tampoco sabía que ibas a decir que estábamos casados.

–Creo que eso es mejor que confirmar que no eres nada más que una amante que dio a luz a mi hijo bastardo.

–¿Qué hubiera tenido de malo dejar que todos creyeran que es mío?

La ira de Adan regresó con la fuerza de una tempestad.

–No pienso negar a mi hijo ante nadie. Bajo ninguna circunstancia.

Piper suspiró con fuerza.

–Está bien. Resulta evidente que no vamos a llegar a ninguna parte echándonos la culpa el uno al otro. La pregunta es qué vas a hacer ahora. No creo que mudarte a la Antártida sea una opción muy viable para un niño de un mes.

El viaje estaba empezando a apetecerle mucho.

–Si me niego a comentar sobre el asunto, los rumores terminarán por apagarse.

–Sí, claro. Cuando Sam cumpla los veintiuno –bromeó ella.

Adan se dio cuenta de lo absurdo de aquel comentario. Ningún escándalo relativo a la familia Mehdi desaparecería por las buenas.

–Tienes razón. Tendré que pensar en algún modo de explicar la situación. Sin embargo, no pienso negar el hecho de que es mi hijo.

Ella pareció resignada.

–Lo comprendo, pero tienes que tener en cuenta que Talia podría enterarse de que otra mujer está fingiendo ser la madre de tu hijo, por no mencionar además que tú has dicho que es tu esposa. Si ella decide hablar, todo el mundo sabrá que Sam es el resultado de una relación fuera del matrimonio y que, además, mentiste sobre el hecho de estar casado.

Dado que su ex estaba muy relacionada con el mundo de la publicidad, aquel escenario podría resultar bastante problemático.

–Tienes razón, pero, por suerte, ella está ahora bastante desconectada. Dudo de que se entere de nada de esto hasta que regrese a París.

–Puede ser, pero estoy segura de que el rey ya se ha enterado y, si mi abuelo se entera –susurró cubriéndose el rostro con las manos–, me exigirá que regrese a casa en el primer avión.

–Por lo que yo sé, aún no te han identificado.

–Yo vi que estaban haciendo fotos.

–Pero llevabas gafas de sol. Podrías ser una de las muchas mujeres que se han cruzado en mi camino –dijo. Se lamentó del comentario en el momento en el que lo pronunció.

–¿Te refieres a todas tus ex? –preguntó ella con voz sorprendentemente tranquila.

–Me refería a cualquier mujer –respondió para salir del paso–, tanto si me he acostado con ella como si no. Cuando se está constantemente en el ojo del huracán, tu reputación se pierde por completo. Mi hermano Zain te podría decir lo mismo. Su reputación le precedía antes de que se casara con Madison.

–Recuerdo que Elena dijo que están en Los Ángeles. ¿Es ella de los Estados Unidos?

–Sí, y, sin duda, es lo mejor que le ha pasado a mi hermano. Sinceramente, jamás creí que sentara la cabeza con una mujer.

Ella se reclinó sobre la silla y comenzó a jugar con el colgante de diamantes que le colgaba entre los pechos.

–Bueno, dado que aparentemente soy cualquier mujer, supongo que no debería preocuparme. Sin embargo, si conozco algo de la prensa, te diré que tan solo es cuestión de tiempo que se enteren de quién soy.

Adan se levantó de la silla y se acercó a la barandilla para poder contemplar el hermoso paisaje montañoso.

–Sería mejor para Samuel que todo el mundo creyera que eres su madre, y no Talia. Ella tiene algunos secretos que aún no se han descubierto.

–¿Acaso no los tenemos todos? –preguntó ella mientras se reunía junto a él en la barandilla.

–Me cuesta creer que tú tengas algo escandaloso que ocultar.

–Bueno, aparentemente he dado a luz y llevo algún tiempo sin tener sexo. Serían detalles muy jugosos para los que buscan escándalos.

Adan se volvió para mirarla y sonrió.

–Me alegra ver que tu ingenio sigue intacto.

–Bueno, si no se puede arreglar inmediatamente una situación, lo mejor es encontrarle algo divertido.

Una verdadera optimista. Uno más en la larga lista de atributos que ella tenía.

–¿Acaso te parece tan terrible estar casada conmigo?

–En realidad, se me ocurren algunos aspectos positivos.

Adan se acercó a ella un poco más.

–¿Y son?

–Bueno, lo primero que se me ocurre es el hecho de vivir en un palacio –comentó ella girándose hacia él y cruzándose de brazos.

–¿Nada más? –repuso Adan. No era aquello precisamente lo que quería escuchar.

–¿A quién no le gustaría que se ocuparan de todas sus necesidades?

Adan extendió la mano y le colocó un mechón de cabello detrás de la oreja.

–Me desilusiona pensar que no se te ocurra nada más.

–Bueno, si quieres que incluya tus habilidades como amante, no puedo hacerlo porque no lo sé a pesar de lo mucho que me esforcé para convencerte.

Adan seguía queriendo ser su amante, mucho más de lo que había deseado cualquier otra cosa, aparte de ser un buen padre para su hijo.

–Dado que el resto del mundo ahora cree que hemos concebido un hijo juntos, tal vez deberíamos pensarnos de nuevo lo de hacer el amor.

–Me gustaría mucho, pero…

–Sigues dudando de mi honorabilidad, ¿verdad?

–No. Te equivocas –insistió ella–. Ahora me doy cuenta de que solo un hombre con honor amaría de ese modo a un niño que acaba de conocer. Lo veo cada vez que miras a Sam.

Cada vez que Adan la miraba, sentía cosas que no era capaz de explicar y que no debería estar sintiendo.

–Entonces, ¿qué te impide explorar nuestra relación y llevarla a un nivel más íntimo, en particular cuando insistías tanto en hacerlo en Chicago?

–Estoy teniendo en cuenta tu voto de castidad.

–No creo que sea así.

Piper suspiró.

–Está bien. La verdad es que no quiero que me hagas daño.

–Yo jamás te haría daño –susurró él acariciándole la mandíbula con un dedo.

–Intencionadamente, no, pero si damos ese paso, me preocupa que vaya a resultar difícil la separación. Y los dos sabemos que yo me marcharé tarde o temprano.

Ver como ella se marchaba tampoco sería un momento muy agradable para él. Desgraciadamente, no podía hacer ninguna promesa.

–Propongo que continuemos con el plan original y que aprendamos todo lo que podamos el uno sobre el otro mientras estés aquí. Lo que ocurra además de eso será solo si los dos decidimos mutuamente que es beneficioso para ambos.

Ella se colocó el dedo en la barbilla y fingió pensar.

–Un príncipe con beneficios… Suena interesante.

El último pensamiento que Adan tuvo antes de tomarla entre sus brazos y besarla fue que se había estado conteniendo demasiado tiempo. Ella no le rechazó ni lo apartó de su lado. Sencillamente le devolvió el beso como una mujer a la que ningún hombre había besado lo suficiente. Como siempre, el cuerpo de Adan respondió de un modo que se merecería una seria reprimenda por parte de su antigua niñera.

Ansioso por decirle el efecto que ejercía sobre él, Adan le susurró al oído:

—Si no tuviéramos preocupación alguna en el mundo y dispusiéramos de toda la intimidad que necesitáramos, te levantaría el vestido, te bajaría las bragas y te poseería aquí mismo.

Piper se apartó de él y lo miró con los ojos llenos de deseo.

—Se me ocurren cosas mucho peores.

A Adan se le ocurría algo mucho mejor.

—Te mereces una cama, champán y velas en nuestra primera vez.

—Veo que no te falta seguridad en ti mismo.

—Siempre y cuando decidamos dar ese paso…

—Siempre y cuando podamos encontrar tiempo para hacerlo al tiempo que respetamos el horario de tu hijo.

Justo en ese momento, el llanto del pequeño se escuchó a través de la puerta.

—Voy a ver qué necesita —dijo él sin apartarse de ella ni dejar de mirarla.

—Lo haré yo —contestó ella sin moverse tampoco.

—Ya me he ocupado yo.

Adan miró hacia la puerta y vio a Elena saliendo a la terraza con el niño en brazos.

—Ya íbamos nosotros a ocuparnos.

Elena hizo un gesto de desaprobación con la mirada.

–Efectivamente, ya ibais, pero lo que ibais a hacer no tenía nada que ver con el *bambino*.

Adan se sintió como si su antigua niñera le hubiera pillado robando caramelos en una tienda.

–De ahora en adelante nos ocuparemos nosotros de él.

Elena se colocó delante de Adan y sonrió.

–Yo me ocuparé de él un rato, hasta que regreséis la señorita McAdams y tú.

–¿Y adónde vamos? –preguntó Piper antes de que él pudiera responder.

–Se requiere vuestra presencia en la sala de conferencias.

Tal vez se trataba de los primeros datos de los ingenieros, aunque a Adan le costaba creer que tuvieran algo importante de lo que informarles en tan corto periodo de tiempo.

–¿No deberíamos esperar a que llegara Rafiq para tener una reunión con los ingenieros?

–Rafiq llegó hace unos minutos –le informó Elena–. Él ha convocado la reunión.

–¿Y ha mencionado algo del proyecto de conservación de aguas?

–Yo creo que, en este momento, le interesa mucho más conservar la reputación del comandante en jefe de las fuerzas armadas –repuso Elena mientras le golpeaba cariñosamente el brazo–. Buena suerte, hijo. Vas a necesitarla.

Dependiendo de lo que su hermano tuviera reservado para él, podría ser que Adan viera la necesidad de convocar a la guardia real.

Capítulo Cinco

Absoluto silencio. Aquella fue la primera impresión que tuvo Piper en cuanto entraron en la sala de conferencias para la reunión. El rey llevaba un traje oscuro con corbata gris y poseía un indudable aire de autoridad. Sus ojos y su cabello eran negros como el carbón. Era muy guapo, y resultaba imponente. Cuando se levantó, a ella le pareció que Adan era un poco más alto, pero el aura del hermano mayor emanaba tal poder que le hacía parecer gigantesco.

El misterioso señor Deeb estaba cerca, estudiando sus gafas con gesto ausente. Por fin, se las puso y se dirigió a ellos.

—Por favor, tomad asiento —les dijo mientras señalaba dos sillas que estaban situadas a cada lado del imponente monarca.

Adan se sentó mucho antes de que Piper reuniera el valor suficiente para acercarse. Por fin, ella se sentó frente a Adan. El rey tomó también asiento y colocó las manos extendidas sobre la mesa.

—Es un placer conocerla, señorita McAdams —empezó—, aunque hubiera preferido hacerlo en otras circunstancias.

—El placer es todo mío, Su Excelencia. Mi abuelo me ha dicho cosas maravillosas sobre su capacidad de liderazgo. Me gustaría que me llamara Piper.

–Y tú puedes dirigirte a mí como Rafiq, dado que parece que te has convertido en parte de la familia real sin que yo lo sepa.

Piper tragó saliva.

–En realidad, eso no es…

–¿Vas a sacar tus conclusiones sin escuchar nuestra versión de la historia, Rafiq? –le preguntó Adan con impaciencia.

El rey los miró a ambos durante un instante.

–Os doy la oportunidad de hacerlo ahora.

–Tengo un hijo –anunció Adan–. Todo el asunto ese de la esposa fue simplemente un malentendido. No hay nada más.

Rafiq dejó escapar una carcajada.

–Me temo que te equivocas en eso, hermano. Lo sé porque he oído ya toda la sórdida historia. Y creo que fuiste tú mismo el que proclamó lo de que ella es tu esposa.

Piper notó un cambio inmediato en el rostro de Adan. No parecía tan seguro como lo había estado cuando entraron en la sala. Tenía que defenderlo debido a la contribución que ella había tenido en todo aquel jaleo.

–Rafiq, en parte yo soy responsable de…

Adan levantó la mano para silenciarla.

–Fue simplemente un error de juicio por ambas partes. Estábamos tratando de protegernos el uno al otro y a mi hijo.

–Sin embargo, habéis creado un escándalo en un momento en el que estamos tratando de convencer a nuestro pueblo de que este proyecto de conservación merece la pena –replicó Rafiq–. Su atención se ha desviado de la necesidad de cambiar de lugar algunas granjas a un niño ilegítimo nacido del hombre que está a cargo de la protección de nuestras fronteras.

–No vuelvas a utilizar esa palabra para describir a mi hijo –le espetó Adan–. Tal vez no tuviera noticias de él, pero es un Mehdi por los cuatro costados.

Rafiq lo miró sorprendido.

–Nunca hubiera creído que tuvieras un instinto paternal tan fuerte, Adan. Dicho eso, según tengo entendido, la verdadera madre de ese niño es la narcisista de Talia Thorpe.

Ni la familia real ni los empleados de palacio tenían en mucha estima a la supermodelo.

–Es cierto –dijo Piper–. Yo simplemente fingí ser la madre del niño para retrasar las preguntas sobre quién eran sus padres.

–Sin embargo, ahora todo el mundo cree que tú eres su madre –replicó Rafiq–. Eso ha creado un dilema.

–Te prometo que me ocuparé de esto –dijo Adan–. Me retractaré de la afirmación de matrimonio que hice y diré que Samuel es fruto de una relación anterior.

Rafiq se irguió y frunció el ceño.

–No harás nada de eso.

–¿Quieres que continuemos con la mentira?

–De hecho, eso es exactamente lo que vais a hacer –respondió Rafiq–, hasta que encuentres el modo de librarte de la modelo por tu bien y por el de tu heredero. Decir que ella es la madre solo causará más descontento. Esa mujer ha salido posando desnuda en varias fotografías.

Aquella afirmación por parte del rey le tocó la fibra artística a Piper.

—A algunas personas no les resulta ofensiva la desnudez. Dependería de lo que el fotógrafo estuviera tratando de transmitir.

—Son carteles —añadió Adan—. Ella posó para varias revistas impresas y electrónicas. Algunas de esas publicaciones son bastante cuestionables, en el mejor de los casos.

Eso lo cambiaba todo.

—¿Y tuvieron repercusión aquí?

Adan la miró con gesto contrito.

—Desde que se supo que teníamos una relación.

El rey miró de nuevo a Piper.

—Por eso, si fueras tan amable de seguir con esta farsa hasta que te marches del país, nos aseguraríamos de que recibieras una compensación.

—No te ofendas, Rafiq, pero no puedo aceptar dinero por mi silencio.

—Sería un silencio temporal —añadió el rey—. Y no estaba sugiriendo un soborno. Le otorgaré el contrato a tu empresa tras considerar la oferta. Cuando regreses a los Estados Unidos, realizaremos una declaración en la que se diga que se consideró más adecuado que el matrimonio se disolviera debido a diferencias irreconciliables y que tú consideras que tu hijo debe vivir en la tierra de su padre.

—¿Y qué propones que hagamos con Talia? —le preguntó Adan—. ¿Amordazarla antes de que filtre la verdad a la prensa?

—A ella sí le tendremos que pagar —afirmó Rafiq—. Estoy seguro de que costará una fortuna conseguir que guarde silencio y que firme un documento legal en el que renuncie a sus derechos sobre el niño. Afortunadamente, tienes los medios suficientes para pagar su precio, por muy alto que este pueda ser.

Adan suspiró.

—Rafiq, por muy bien que planeemos todo esto, nos podría salir el tiro por la culata. Talia se podría negar a aceptar nuestras condiciones y, además, podría saberse la verdad por mucho que nos esforzáramos en ocultarla.

—Confío en que la señorita McAdams y tú os encarguéis de que eso no ocurra.

En lo que se refería a Piper, el rey estaba haciendo una serie de exigencias imposibles.

—¿Y cómo propones que lo hagamos sin arriesgarnos a que alguien filtre esa información desde dentro de estas paredes?

—Mis empleados siempre guardan una absoluta discreción. Sin embargo, sería una necedad pensar que alguien con menos responsabilidad en palacio no sería capaz de vender cierta información al mejor postor. Por lo tanto, es fundamental que los dos os comportéis como si fuerais una pareja de recién casados en todo momento. Emitiremos un comunicado de prensa afirmando que os casasteis en secreto en algún lugar antes de que se produjera el embarazo.

Piper miró a Adan y no pudo contener su sarcasmo.

—¿Te parece bien, querido?

Él sacudió la cabeza.

—Nada de esto está bien, pero creo que es un plan viable, al menos por el momento.

—¿Tengo yo opinión en este asunto? —preguntó Piper.

—Claro que sí —afirmó Rafiq—. Eres libre de negarte y marcharte inmediatamente. Con tus ingenieros.

Una amenaza directa. Piper estuvo valorando los pros y los contras mientras que Adan y el rey esperaban su respuesta. Si no accedía, perderían el contrato y eso podría ser la puntilla para un negocio que estaba pasando por momentos difíciles. Si accedía, tendría que quedarse durante al menos un mes sumergida en una enorme mentira. Lo más importante era que tendría que ponerse en contacto con sus abuelos para darles la noticia antes de que alguien lo hiciera. Se imaginaba perfectamente la reacción de su abuelo en ambos casos. Si aceptaba fingir que estaba casada con Adan, tendría la oportunidad de enfrentarse a él de una vez por todas si volvía a meterse en sus cosas. Por fin podría ser ella misma y controlar su propia vida, al menos durante un mes. De hecho, no se trataba de nada malo.

Estuvo unos segundos más sopesando las opciones. Lo único bueno que podía salir de aquella debacle tenía que ver con Adan. Convertirse en una esposa fingida podría tener algunos beneficios.

Respiró profundamente y dejó escapar el aire con lentitud antes de responder.

—Lo haré.

La respuesta pilló a Adan desprevenido.

—¿De verdad?

—Sí —dijo levantándose de la silla y esbozando una sonrisa—. Ahora, caballeros, si hacen el favor de excusarme, esta esposa fingida tiene que hacer una llamada a los que son sus abuelos de verdad.

Adan se puso de pie y le devolvió la sonrisa.

—Puedes utilizar mi despacho privado, que está justo aquí al lado.

Piper salió al vestíbulo y se preparó para mentir.

—¿Has perdido la cabeza por completo?

—No, abuelo. Soy la misma. Te habría dicho antes lo del matrimonio, pero fue algo completamente espontáneo —mintió.

—¿Y cuándo conociste a ese hombre?

Mentira número uno.

—Cuando estuve en el Reino Unido el año pasado.

—¿Y no se te ocurrió decírmelo cuando sabías perfectamente que te iba a mandar a su país? No me lo creo.

Mentira número dos.

—Hemos mantenido nuestra relación en secreto porque no queríamos que los otros contratistas pensaran que yo podría tener alguna influencia en el concurso.

—¿Acaso no has tenido ninguna influencia en el concurso después de haberte casado con él?

Mentira número tres.

—En absoluto.

El abuelo tardó unos segundos en responder.

—Supongo que ya no hay nada que pueda hacer al respecto, pero, al menos, me alegra sabe que tiene sangre real y dinero a montones.

Por supuesto, aquella sería la principal preocupación de Walter McAdams en lo que se refería a la elección de pareja por parte de su nieta. Siempre lo había sido.

—Estoy segura de que cuando lo conozcas en Chicago te darás cuenta de que es un hombre encantador.

—Una encantadora de serpientes —musitó él—. Por

75

supuesto, tu abuela está encantada con todo esto. Quiere hablar contigo, así que espera un momento.

Piper oyó que él dejaba el auricular y que alguien lo tomaba después.

—¡Mi niña preciosa es una mujer casada!

—Sí, abuela. Por fin —mintió.

—He visto una foto de él en Internet. Vaya, vaya. Es muy guapo. ¿Cuándo os conocisteis?

Piper estaba harta de mentir, por lo que optó por decir la verdad.

—En el bar de un hotel. Yo traté de seducirle, pero no mordió el anzuelo. Es un caballero.

Como siempre, su abuela se echó a reír como una colegiala, lo que indicaba que no se creía lo que acababa de escuchar.

—Ay, niña. Sigues siendo muy encorsetada en lo que se refiere a los chicos. Y, además, no tienes que darme detalles en este momento.

Sin embargo, sí que tenía que contarle algunas verdades.

—Yaya, Adan es una figura pública, por lo que podrías escuchar algunos rumores que no son muy exactos.

—¿Qué clase de rumores? —preguntó la mujer con evidente preocupación.

—En primer lugar, tienes que prometerme que lo que te diga va a ser estrictamente confidencial.

—Cariño, ya sabes que odio los chismorreos.

—Está bien. Seguramente vas a oír que hemos tenido un bebé juntos.

La mujer contuvo la respiración.

—¿Y ha sido así?

–Yaya, ¿acaso recuerdas que haya tenido aspecto de embarazada en los últimos meses?

–Bueno, no.

–Precisamente. Porque no estaba embarazada. Adan tiene un hijo pequeño, del que evidentemente yo no soy su madre. Sin embargo, para el mundo, Samuel es hijo mío. La identidad de la madre biológica es un secreto muy bien guardado, y tiene que permanecer así por razones que no te puedo contar.

–¿Es actriz? ¿Tal vez cantante? Ah, espera. ¿Trabaja como acompañante?

Piper no tenía ni idea de que Drusilla McAdams supiera exactamente lo que era eso.

–No te preocupes por ello. Solo necesito que te niegues a comentar algo si algún periodista te pregunta a ti o al abuelo. Todo lo que te he dicho es un secreto. ¿Podrás guardarte todo esto para ti, yaya?

–Claro que puedo, cariñito. Estoy muy orgullosa de ti, cielo. Es admirable que estés dispuesta a aceptar al hijo de otra mujer para criarlo como si fuera tuyo.

–Eso lo aprendí de ti, yaya.

La abuela tardó unos segundos en responder.

–Jamás me he arrepentido de haberos criado a tu hermana y a ti, Piper. Sin embargo, sí que lamento que Millie jamás haya sido una buena madre para vosotras. Sin embargo, eso es culpa de tu abuelo y mía. La mimamos demasiado, tal vez incluso la amamos demasiado. Jamás tuvo una preocupación, aparte de sí misma.

Por lo que Piper sabía de ella, seguía siendo así. Apenas había visto a su madre en los últimos años, por lo que le había resultado imposible establecer una relación con ella.

–Tú has sido muy buena con Sunny y conmigo, yaya. Millie es responsable de su comportamiento, no tú. Y no creo que se pueda querer a nadie demasiado.

–Solo si es imposible que te correspondan, cielo.

Las palabras de su abuela le dieron motivo de preocupación. Si cometía el error de enamorarse de Adan, ¿tendría él capacidad para corresponder sus sentimientos? Probablemente no, y ciertamente ella no tenía intención de descubrirlo. Desgraciadamente, algunas veces las cosas no salían como uno esperaba.

–Mira, yaya. Tengo unas cuantas cosas que hacer, pero, primero, ¿quieres preguntarme algo? –quiso saber Piper. Contuvo la respiración y esperó que la respuesta fuera negativa.

–Sí. ¿Cómo es el jeque en lo que se refiere a…? Bueno, ya sabes.

–Yaya, una mujer tiene que tener sus secretos –mintió, ya que desgraciadamente no lo había experimentado–. Solo te diré que no estoy desilusionada.

Estaba totalmente segura de que, si alguna vez llegaban a hacer el amor, ella no se sentiría defraudada en modo alguno.

–Me alegro, preciosa. Si se quiere mantener una relación, es mejor que lo que ocurre entre las sábanas sea bueno. Tu abuelo y yo llevamos siento felices desde…

–Es mejor que cuelgue –dijo Piper antes de que su abuela le diera una información que no quería saber–. Os llamaré muy pronto.

–Está bien, pero tu abuelo me ha pedido que te mande un mensaje antes de colgar, el viejo gruñón.

–¿De qué se trata?

–Casada o no, sigues teniendo un trabajo que hacer.

Espera un informe completo sobre los progresos de los ingenieros en los próximos dos días.

No podría pasar mucho tiempo con padre e hijo. Por el momento, Adan tendría que arreglárselas solo.

–Enhorabuena, papá. Tu bebé es la viva imagen de la salud.

Adan se apartó de la cuna para mirar a Maysa Barad Mehdi, una belleza árabe educada en los Estados Unidos y reina de Bajul.

–¿Estás absolutamente segura? A mí me parece bastante pequeño.

Su cuñada sonrió.

–Ni siquiera tiene cinco semanas, Adan. Tiene que ser pequeño. Por suerte, la señorita Thorpe tuvo la previsión de incluir su cartilla médica. Está ganando peso a un buen ritmo y hay que esperar que continúe así. Además, antes de que te des cuenta, tendrá un compañero de juegos.

–No tengo intención alguna de tener otro hijo en un futuro cercano. Tal vez nunca.

–Veo que no me has entendido –dijo Maysa–. Samuel tendrá un primo nuevo en menos de ocho meses.

–¿Estás embarazada?

–Así es.

Adan le dio un afectuoso abrazo.

–Enhorabuena. ¿Cómo se enfrenta Rafiq a su futura paternidad?

La expresión de Maysa se volvió sombría.

–Está muy preocupado, aunque trata de no demostrarlo.

–Es comprensible considerando el accidente –dijo Adan. Se refería al accidente que se había llevado la vida de la anterior esposa de Rafiq y de su hijo nonato. Un suceso horrible que convirtió temporalmente a su hermano en un tirano–. Estoy seguro de que terminará relajándose.

–¿Acaso acabas de conocer a Rafiq, Adan? Mi marido no sabe lo que es relajarse. Solo espero que se calme un poco antes del nacimiento. Si no, tendremos un niño muy nervioso.

Adan no se podía imaginar a Rafiq permaneciendo tranquilo en una situación estresante.

–Tal vez tener por aquí a Samuel le demostrará que cuidar de un niño no es complicado. Si yo puedo hacerlo, él también podrá.

Maysa le golpeó cariñosamente la mejilla.

–Y, por lo que me han dicho, lo estás haciendo muy bien.

–¿Qué más has oído? –preguntó él, empujado por la curiosidad y la preocupación.

–Si te estás preguntando si sé lo del matrimonio falso, lo sé. Mi marido me ha dicho también que no podrías haber elegido a una mejor esposa fingida.

–Toda esta situación apesta a fraude –dijo él–. Me resulta terrible haber arrastrado a Piper a esta red de mentiras. Es una mujer maravillosa y se merece algo mucho mejor.

Maysa inclinó la cabeza y lo estudió durante unos instantes.

–Hablas como si te importara mucho esa mujer.

Más de lo que nunca confesaría ni ante Piper ni siquiera ante sí mismo.

–Tan solo hace unos días que la conozco, pero admito que me gusta lo que sé de ella.

–Se nota –comentó ella–. El rostro se te ilumina al mencionar su nombre.

–Eso es una exageración. Las mujeres siempre os imagináis cosas que no existen. Solo porque la aprecie no significa que la considere otra cosa que una compañera en este asunto tan turbio –afirmó. Sin embargo, sí que podía verla como su amante, tal y como le ocurría con frecuencia en sus fantasías–. Ciertamente no tengo plan alguno para que este matrimonio sea real.

–Ya lo veremos –dijo Maysa mientras tapaba con una mantita al bebé–. Uno nunca sabe lo que puede pasar cuando se comparte intimidad.

–No estoy durmiendo con ella, Maysa –repuso Adan a la defensiva–. Y, tal y como están las cosas, no está en mi lista de tareas pendientes.

–Adan –afirmó Maysa–, cuando no tengas una lista de tareas que incluya acostarte con una mujer, el mundo se detendrá en seco.

–Como siempre, querida reina, tienes razón. Al menos parcialmente. Estaría mintiendo si te dijera que no he pensado en consumar nuestra relación. Es una mujer hermosa e inteligente y posee un ingenio muy agudo. Sin embargo, es, en muchos sentidos, una mujer muy inocente. Por esa razón, me he prometido no aprovecharme de su confiada naturaleza.

–Tal vez deberías explorar las posibilidades. Y no me refiero en el sentido sexual. Deberías tomarte tu tiempo para conocerla mejor. Podría ser que te sorprendiera agradablemente lo que descubras.

Exactamente lo que se había prometido a sí mismo

y a Piper: conocerse mejor antes de dar el paso. Sin embargo, eso había sido antes de que se enterara de que tenía un hijo.

–Veo varios problemas en eso. Tener a mi cargo el cuidado de Samuel me quita mucho tiempo. Estar al mando de las fuerzas aéreas de este país no requiere tanta atención.

Maysa comenzó a guardar todas las cosas que había sacado para el reconocimiento a Samuel en su maletín. Entonces, se alejó del cambiador, que era donde había realizado la revisión.

–En ese caso, tal vez te alegre saber que mi esposo me ha ordenado que te diga que puedes llevarte a tu esposa durante dos días para que os toméis un respiro.

Adan pensó que su hermano había perdido la cabeza.

–¿Por qué ha sugerido algo así?

–Está tratando de ganar tiempo, Adan. La prensa está intentando que les conceda una entrevista conjunta contigo. La situación empeorará cuando palacio emita un comunicado oficial a última hora de hoy. Rafiq cree que si les dice que te has marchado para disfrutar de unas breves vacaciones, se relajarán un poco. Considerando la edad de Samuel, este es el momento idóneo para que retomes tus deberes como marido.

Él no podía retomar un deber que ni siquiera había ejecutado. Sin embargo, la perspectiva de pasar unos días con su fingida esposa le resultaba bastante atractiva, aunque no se podía olvidar de sus obligaciones.

–No puedo abandonar a Samuel…

–Estoy segura de que Elena se hará cargo de todo de buen grado en vuestra ausencia.

–No. Me ha dejado muy claro que delega en mí toda la responsabilidad.

–En ese caso, yo cuidaré de él hasta vuestro regreso. Y puedes llevarte a tu esposa a El Retiro.

–Te agradezco mucho el ofrecimiento, pero no quiero cargarte con lo que es mi responsabilidad.

–No se trata de carga alguna –dijo Maysa mientras se inclinaba sobre la cuna y tocaba suavemente la cabecita del bebé–. Lo considero una oportunidad para practicar como madre. Ahora, date prisa. Aún os queda gran parte del día…

Adan empezó a elaborar un plan, que implicaba su medio de transporte favorito. Lo único que tenía que hacer era convencer a Piper para que se apuntara a la experiencia de su vida.

Después del estresante trayecto a la base aérea, Piper decidió que estaría loca si accedía a volar en aquel minúsculo biplaza.

–¿Tú te crees que yo me voy a montar en esa lata de sardinas?

Adan se colocó las gafas de aviador en lo alto de la cabeza y sonrió.

–Te aseguro que se trata de una aeronave muy sólida.

Tal vez, pero igualmente demasiado pequeña. Minúscula.

–Primero, haces que me ponga un casco enorme y me montas de paquete en una moto para luego viajar a una velocidad excesiva por unos caminos de cabras para llegar hasta aquí…

—Eso ha sido para evitar a la prensa. Si no me falla la memoria, has venido de buena gana…

Maldita sea… Adan tenía razón.

—No se trata de eso. Ahora, quieres que me meta en un avión que tiene el mismo tamaño que un carrito de golf, pero con alas.

Adan se colocó delante de la mencionada ala y acarició suavemente la panza del avión como si fuera una adorada mascota.

—No dejes que las hélices te asusten. Se trata de una nave de entrenamiento de la Real Fuerza Aérea que cuenta con un meticuloso mantenimiento por parte de los mejores mecánicos. Y, por supuesto, estás en buenas manos teniéndome a mí como piloto.

Un piloto con buenas manos. A Piper le gustaría saber cómo sería el tacto de aquellas manos sobre su cuerpo. Tal vez aquel día lo descubriría por fin. Tal vez meterse en aquel minúsculo avión merecería la pena.

—Está bien. Muéstrame cuál es mi asiento.

Adan sonrió y le abrió la minúscula puerta.

—Dame el bolso y yo te ayudaré.

Piper hizo lo que él le había pedido.

—Aquí tienes y ten cuidado con él porque contiene algunos objetos frágiles.

—¿Cómo? Este bolso debe de pesar cinco kilos. ¿Qué es lo que has metido aquí? ¿Todas tus pertenencias terrenales?

—¡Claro que no! —exclamó ella con una sonrisa—. Tan solo un traje de baño y una muda de ropa. También he traído algunos objetos de aseo, crema para el sol y toalla. Una pequeña libreta para dibujar y unos lápices por si quiero inmortalizar nuestro día juntos.

Adan sonrió.

–Es bastante posible que no tengas tiempo para dibujar.

–¿Y por qué iba a ser así, su alteza? –replicó ella. El comentario había sonado bastante prometedor.

–Bueno, mi fingida princesa. Tengo planeadas varias actividades para ocupar nuestro tiempo.

–¿Me podrías dar una pista? –preguntó ella, a pesar de que tan solo se le ocurría una actividad que pudiera interesarle.

–No. Quiero sorprenderte. Ahora, móntate en mi carroza, bella princesa, y comenzaremos nuestra aventura –dijo él tras ejecutar una ligera inclinación de cabeza.

–Como usted desee, mi señor –repuso ella consiguiendo realizar una reverencia.

El pequeño espacio que había dentro de la aeronave resultaba bastante claustrofóbico. Cuando él se sentó en su asiento, le entregó unos cascos.

–Póntelos y podremos escucharnos el uno al otro a pesar del ruido del motor.

–¿De verdad que esto es seguro?

–Claro que sí. No tengas ese aspecto tan preocupado. Cuando despeguemos estaremos casi aterrizando. Es un trayecto muy corto.

Piper se colocó los cascos y observó cómo Adan arrancaba el motor. Condujo el minúsculo avión hasta la pista y esperó las instrucciones de la torre de control. Por supuesto, no comprendió nada del intercambio de palabras en árabe, pero cuando el avión comenzó a tomar velocidad en la pista, no le importó nada más. Contuvo el aliento y cerró los ojos.

Durante el despegue, sintió como si estuviera subida en una montaña rusa. Poco a poco, fueron ganando altitud, pero Piper se negó a abrir los ojos. No lo hizo ni siquiera cuando alcanzaron la altura adecuada.

–Te estás perdiendo un paisaje increíble.

Piper se obligó a mirar por la ventana. Vio tan solo unas cuantas construcciones humanas, pero la cercanía de las montañas le provocó una enorme ansiedad.

–No te preocupes –dijo él agarrándole las manos–. Esta es la mejor vista de mi país. Cuando vuelo, me siento completamente en paz.

–Pues yo no...

–No te preocupes. Aterrizaremos dentro de unos minutos. Si miras hacia delante, verás dónde vamos a aterrizar.

Ella trató de centrarse en el horizonte y no en el descenso. Adan parecía estar llevándolos hacia lo que parecía una pista de tierra junto a una enorme montaña. Sintió que se le hacía un nudo en la garganta al ver que se acercaban a la improvisada pista de aterrizaje. La tensión se apoderó de ella. Tras dar unos cuantos botes sobre el suelo, el avión comenzó a detenerse.

Piper dejó escapar el aliento que había estado conteniendo y miró a su alrededor. Un grupo de árboles de aspecto extraño los rodeaba, pero no había señal alguna de vida humana.

–¿Dónde estamos?

Adan se quitó los cascos y luego retiró los de ella. Entonces, sonrió.

–Estoy a punto de mostrarte uno de los lugares que más me gustan de todo el planeta. Será una experiencia que no olvidarás fácilmente.

Capítulo Seis

–Guau…

La reacción de asombro que tuvo Piper al ver El Retiro le agradó profundamente. Solo había llevado allí a otra mujer, que se había quejado sin parar de la falta de instalaciones. A Talia no le gustaba sacrificar ciertas comodidades por las maravillas que podía ofrecer la naturaleza.

–Se trata básicamente de una estructura muy sencilla –le explicó mientras le mostraba el salón–. Está fabricada en madera de la zona y funciona con energía solar. El agua proviene de un lago cercano a la casa que se hace pasar por un sistema de filtrado. Es pequeño, pero tiene todo lo que se necesita en un lugar como este. Un dormitorio abuhardillado y un baño en la planta de arriba, otro dormitorio y otro baño abajo. Y mi despacho.

–¿No hay cocina?

–Sí. Está detrás de esa pared de piedra y es lo más impresionante de la casa. Sin embargo, yo raramente la utilizo para cocinar, aunque sí uso el frigorífico y el microondas.

–¿Aquí no hay servicio?

–No, pero tengo un guardés. Su esposa y él cuidan de todo esto cuando estoy fuera.

Piper tomó asiento en una butaca y luego dobló las piernas para sentarse sobre ellas.

–¿Por qué hiciste una casa en medio de ninguna parte?

–Pronto lo verás.

Después de dejar el bolso de Piper en el suelo, se dirigió hacia las cortinas para abrirlas. Dejó al descubierto un impresionante paisaje.

–Guau otra vez –susurró Piper mientras se levantaba para acudir a su lado–. Una vista maravillosa y tu propia piscina. Estoy impresionada.

Adan abrió las puertas de la terraza y las plegó para retirarlas.

–De este modo, parece que lo de fuera está dentro. El salón se agranda. Sin embargo, apreciarás mejor el paisaje desde la barandilla.

–Pues muéstramelo.

Cuando Piper salió a la terraza, sobre la que había una mesa y unas sillas, Adan se detuvo en lo alto de las escaleras que conducían a la piscina.

–Tardé dos años en construir esta impresionante bañera –bromeó él.

–Es increíble…

Como lo era la mujer que lo acompañaba. Él se sentó en el primer escalón y le indicó a ella que tomara asiento. Cuando ella se acomodó a su lado, Adan trató de no fijarse en cómo los pantalones cortos se le ceñían a las caderas ni el escote que enseñaba por el cuello de la camiseta color coral que hacía destacar sus senos de un modo muy sugerente.

–Este lugar ha sido siempre mi santuario. Un buen lugar al que escapar.

Ella apartó la atención del agua y lo miró.

–¿De qué es exactamente de lo que escapas, Adan?

Él se había hecho aquella pregunta en muchas ocasiones, y la respuesta era siempre la misma.

–Supongo que de la servidumbre de ser un miembro de la familia real. Tal vez de la responsabilidad de supervisar todas las operaciones militares. En el pasado, de mi padre…

–¿Era muy duro contigo?

–No. En realidad, no le preocupaba especialmente lo que yo hiciera. Llegué a creer que jamás se recuperó por haber perdido a mi madre…

–Mencionaste a tu madre cuando estábamos en Chicago, pero no me dijiste qué fue lo que le ocurrió. Por supuesto, si te incomoda hablar al respecto, lo comprendo.

Lo más extraño era que quería hablarle de su madre, contarle lo poco que sabía de Cala Mehdi, decirle lo que nunca había compartido con nadie. Después, le diría que iban a pasar la noche allí.

–Su muerte es un misterio. La encontraron al pie de la montaña, cerca del lago. La mayoría piensa que se cayó. Algunos creen que se suicidó debido a la depresión que sufrió después de mi nacimiento. He aceptado el hecho de que nunca sabré la verdad.

–¿Estás seguro?

–No me queda elección. Mi padre nunca hablaba de ella, aunque en realidad casi no me hablaba. Tal vez yo le recordaba demasiado a ella.

–Al menos, pudiste conocer a tu padre de verdad.

–No necesariamente –confesó él casi sin darse cuenta.

Ella se giró hacia él y le colocó la mano en el brazo.

–¿Me estás diciendo que no era tu padre biológico?

Adan no vio razón alguna para ocultar sus preocupaciones.

–Solo sé que no me parezco ni a él ni a mis hermanos. Mi cabello es más claro y lo mismo ocurre con mis ojos.

–Eso no es prueba definitiva. Tal vez te parezcas a tu madre.

–He visto unas cuantas fotografías y no veo nada mío en ella. Mi madre tenía el cabello negro y unos ojos muy oscuros. Como Rafiq.

–Si ese es el caso, ¿por qué crees que tu padre es otro hombre?

–Porque se sabe que mi madre era muy infeliz y sospecho que pudo haberse consolado con otro hombre. La anterior esposa de Rafiq, Rima, hizo lo mismo por lo descontenta que estaba con su matrimonio.

–¿Estás seguro de que no estás especulando por lo que le ocurrió a Rafiq?

Tenía razones de peso para sus sospechas. La primera era la aventura que su padre tuvo con el ama de llaves durante casi dos décadas. Sin embargo, no tenía intención de estropear la buena opinión que Piper tenía de Elena revelando en aquel momento la verdad.

–El matrimonio de mis padres fue concertado, según lo ordenaba la tradición. Los contratos de matrimonio son básicamente negocios y, en teoría, ventajosos para las dos familias. Desgraciadamente, cuando entran en juego los sentimientos, los negocios pierden peso.

–¿Por sentimientos te refieres al amor?

–Sí. La fuerza que motiva muchos de los males del mundo.

–Y la cura para muchos otros.

–Has hablado como una verdadera romántica.

–Y tú como un cínico. Sin embargo, tus días de cinismo podrían estar a punto de terminar, dado que ahora tienes un hijo. No hay mayor amor que el que existe entre un padre y su hijo, siempre que el padre esté abierto al amor.

Eso parecía definir perfectamente su personalidad.

–Yo ya he establecido ese vínculo con mi hijo, pero jamás he dado la bienvenida al amor romántico por falta de un buen ejemplo.

Piper lo miró fijamente.

–El amor no es algo sobre lo que uno siempre tiene que trabajar. A veces ocurre cuando uno menos lo espera.

Piper parecía hablar por experiencia propia.

–¿Has estado alguna vez enamorada?

–Hasta ahora no –respondió. Apartó la mirada brevemente antes de volver a mirarlo–. ¿Siguen existiendo los matrimonios concertados en la familia real?

–No. Eso cambió después de que Rafiq heredara la corona. Si no, él jamás habría podido casarse con una mujer divorciada. Mejor. En mi opinión, era una tradición ilógica y sin valor alguno.

Ella le ofreció una radiante sonrisa que, a pesar de todo, pareció algo forzada.

–Bueno, creo que nosotros hemos aceptado de nuevo la tradición concertando un matrimonio fingido.

–Si quieres que te diga la verdad, toda esta conversación sobre disfunciones familiares me está cansando –dijo él poniéndose de pie y ofreciéndole la mano–. ¿Quieres bañarte?

–Sí, por supuesto. ¿Y a ti te apetece? Pareces cansado y sospecho que eso tiene que ver con Sam.

–Anoche estuvo despierto bastante rato y me costó mucho volver a dormirlo después del biberón de las dos. Sin embargo, me acostumbré a dormir poco mientras estaba en la academia militar.

–¿Y por qué no me despertaste? Te habría relevado.

–Porque mi hijo es mi responsabilidad, no la tuya –dijo. Inmediatamente se arrepintió de haberle hablado de un modo tan brusco–. Por supuesto, agradezco mucho todo lo que has hecho por mí, pero no quiero aprovecharme de tu generosidad.

–Te aseguro que no me importa, Adan –insistió ella con una sonrisa que no terminó de reflejársele en los ojos–. ¿Para que están las madres fingidas?

–Bueno, ya nos preocuparemos del cuidado de Samuel cuando regresemos dentro de dos días.

Ella se quedó boquiabierta.

–¿Dos días? Pensé que habías dicho que veníamos solo a pasar el día.

–¿Sí? –repuso él fingiendo inocencia.

–Sí –insistió ella fulminándole con la mirada.

–Me disculpo entonces. Resulta que el rey nos ha dado instrucciones de permanecer ausentes de palacio durante dos días para evitar el frenesí de la prensa. Yo creo que es mejor que regresemos mañana antes de que se ponga el sol. No quiero estar lejos de Samuel dos noches.

–Pero mi abuelo me ordenó que ocupara de que los ingenieros finalizan la…

–Propuesta. De eso ya se ha ocupado Rafiq. La ha aceptado y el contrato se le enviará a tu abuelo mañana. También ha ordenado que se transporte a los ingenieros a los Estados Unidos por la mañana.

Piper se mordió los labios. Guardó silencio durante varios segundos.

—En ese caso, veo que ya está todo organizado.

—Así es. Por lo tanto, eres libre de relajarte y de ocuparte tan solo de tu propio placer. Sin embargo, si insistes en volver antes, lo haremos.

Aquella vez, ella sonrió con más ganas.

—¿Dónde me puedo cambiar para empezar con estas vacaciones de dos días?

Adan le agarró las manos y le dio un beso en los nudillos.

—No cambies nunca, Piper McAdams. Me gustas exactamente tal y como eres.

Para desilusión de Adan, ella apartó las manos.

—Me refería a cambiarme de ropa. Necesito ponerme el traje de baño.

Adan sabía a qué se refería. Hubiera preferido que ella fuera desnuda.

—Puedes usar el baño de abajo. Lo encontrarás entre mi despacho y la habitación de invitados, inmediatamente después de la cocina. O, si lo prefieres, puedes usar el baño de arriba, que está dentro de mi dormitorio. Es mucho más grande.

—¿Dónde te vas a cambiar tú?

—Había pensado no ponerme nada —dijo él. No pudo contener una carcajada al ver cómo ella lo miraba—. No hablaba en serio, así que no te muestres tan preocupada. Tengo el bañador arriba.

—En ese caso, yo utilizaré el de abajo. Y espero no encontrarte desnudo en esa piscina cuando regrese...

–En el pasado podría haber sido el caso, pero ahora he pasado página... Además, al contrario de lo que puedas creer, no ha habido tantas mujeres en mi vida. De hecho, no ha habido ninguna desde que terminé la relación con Talia.

–Ah, sí. Lo del voto de castidad. ¿Qué tal te va con eso?

En aquellos momentos no muy bien, sobre todo cuando sabía que, en cuestión de minutos, la vería con muy poca ropa. O al menos eso esperaba.

–Te responderé al final del día.

Cuando ella regresó a la piscina, se encontró con Adan contemplando el horizonte. No podía verle el rostro, por lo que aprovechó la ocasión para observar descaradamente todos los detalles de su fuerte espalda y del impresionante trasero, oculto por un bañador azul oscuro.

Se acercó a él lentamente, deseando deslizar las manos por lo que veía. Para no hacerlo, se aseguró la toalla que llevaba anudada entre los senos.

–Estoy segura de que esa montaña no se va a mover por mucho que la mires.

Adan se volvió para mirarla. Tenía una expresión sombría en la mirada.

–Ojalá tuviera ese poder.

–¿Qué te preocupa?

–Me preocupa que mi posición me impida ser un buen padre para Sam. También me preocupa que pudiera estar equivocado al pedirle a Talia que renuncie por completo a él.

–No te ofendas, Adan, pero no creo que Talia sea muy maternal.

–Tal vez no, pero, ¿no es mejor cualquier madre que carecer de ella?

–En realidad, no –respondió sin pensar–. Mi madre jamás se preocupó de nosotras. Sus necesidades eran más importantes que las nuestras. Por suerte para nosotras, mi abuela nos acogió y nos dio todo el amor que podíamos pedir. Si no hubiera sido así, no sé qué habría sido de nosotras.

Adan extendió la mano y le acarició la mejilla con los nudillos.

–Pues parece que lo hizo muy bien. Ahora, si no te importa quitarte esa toalla, pasaremos la tarde tomando el sol de Bajul.

–Antes de que lo haga, tienes que saber que no soy ni alta ni delgada como Talia. Soy bajita y no he sido bendecida con un físico esbelto y…

Adan deshizo el nudo con un rápido movimiento. La toalla cayó inmediatamente al suelo. Entonces, la miró de la cabeza a los pies para luego centrarse de nuevo en los ojos.

–Has sido bendecida con un bonito cuerpo, Piper. Tienes todas las curvas que este hombre desea.

¿Que Adan deseaba sus curvas? Increíble.

–Tu físico es una fantasía –prosiguió él–. La cuestión es si sabes nadar bien. Tengo que advertirte que a mí se me da muy bien.

Sin advertencia previa, se acercó a la piscina y ejecutó una zambullida perfecta. Salió a la superficie unos instantes después. Se echó el cabello hacia atrás y sonrió.

–Ahora te toca a ti.

Ojalá pudiera Piper dejar de contemplar aquellos hoyuelos y conseguir que se le movieran los pies… Por fin, se animó a seguir el ejemplo de Adan y se acercó a la piscina para zambullirse en ella. Abrió los ojos y buscó a Adan. Lo vio en la parte menos profunda. Fue buceando hasta que emergió del agua justo delante de él.

–¿Qué te ha parecido?

–Perfecto –dijo él rodeándola con sus brazos–. Como tú.

Ella se echó a reír a pesar de que apenas podía concentrarse al estar tan cerca de él.

–No lo creo, su majestad –bromeó ella–. Puedo ser testaruda y tengo un poco de mal genio en ocasiones. También soy un poco quisquillosa con la comida y voy demasiado rápido cuando conduzco…

Adan le impidió seguir hablando con un beso, un beso tan cálido que rivalizaba con el sol que les bronceaba los hombros. Un duelo de lenguas que acaloró la piel de Piper en lugares no vistos de su persona. Cuando Adan le deslizó las manos por los costados y le rozó los senos, ella creyó que iba a deshacerse allí mismo. Cuando él volvió a colocarle las manos sobre los hombros, estuvo a punto de protestar.

Adan la miró a los ojos con una intensidad que le arrebató el aliento.

–Antes de que esto continúe, necesito decir algo.

–Te escucho.

–Quiero hacerte el amor más que nada de lo que haya podido desear en mucho tiempo. Sin embargo, no tienes obligación alguna de cumplir mis deseos.

–Si no recuerdo mal, fui a tu habitación en el hotel de Chicago con esa finalidad en mente. Desgraciadamente, a pesar de que yo quería terminar con mi abstinencia, tú estabas decidido a aferrarte a la tuya.

–Ya no. En realidad, no lo deseo desde el día en el que te conocí. Eres diferente a todas las mujeres que he conocido.

–¿Es eso bueno?

–Muy bueno.

–En ese caso, pongamos fin a esta situación ahora mismo –sugirió ella.

–Quítate el biquini –susurró él con una inconfundible sonrisa de chico malo.

–Tú primero –repuso ella. De repente sentía vergüenza.

–Está bien –dijo él. Adan se quitó rápidamente el bañador y lo lanzó al suelo–. Ahora te toca a ti.

Después de respirar profundamente, Piper agarró el broche del sujetador del biquini y lo desabrochó. Luego desató el lazo del cuello. Sus pechos desnudos ya no quedaban ocultos.

–¿Mejor?

–Sí, pero todavía no has terminado.

Ya no había vuelta atrás. Piper se bajó las braguitas.

–¿Satisfecho?

–No del todo, pero lo estaré –murmuró mientras la estrechaba entre sus brazos. Entonces, le tomó la mano y la guio hacia su vientre y más abajo.

Cuando le apretó la mano contra su erección, Piper contuvo la respiración.

–Parece que he encontrado una impresionante criatura marina ahí abajo –bromeó.

–En realidad, es una anguila.

–¿Eléctrica?

–Cargada a tope –dijo él mientras colocaba la misma mano sobre su torso–, pero si sigues investigando me temo que no voy a llegar a la cama.

Piper se puso de puntillas para darle un beso en el hoyuelo que tenía en la barbilla.

–¿Qué tiene de malo jugar un poquito en el agua?

–Me apunto.

Le rodeó la cintura con un brazo y bajó la boca para prendérsela de un seno mientras que, al mismo tiempo, le deslizaba la mano entre las piernas.

Piper se aferró con fuerza a sus hombros y se dejó llevar por las sensaciones. Sintió que las piernas se le iban a licuar cada vez que él le rozaba el pezón con la lengua, cada vez que le acariciaba en el lugar que más atención necesitaba.

A pesar de que le habría gustado que aquellas sensaciones duraran eternamente, el clímax llegó en un tiempo récord. Sin darse cuenta, le clavó las uñas en la carne y trató de impedir sin éxito los gemidos que se le escaparon de la garganta.

Cuando las oleadas de placer fueron remitiendo, cerró los ojos y suspiró.

–Siento que haya ocurrido tan rápido –murmuró sin mirarlo.

Adan le levantó la barbilla con un dedo.

–No tienes necesidad de disculparte. Según lo que tú misma has dicho, ha pasado algún tiempo.

–Mejor di que nunca.

–¿Me estás diciendo que nunca has tenido un orgasmo? –le preguntó él asombrado.

–Con alguien más en la habitación, no.

–Evidentemente, solo has estado con idiotas.

–Solo he tenido relaciones íntimas con un hombre y él, básicamente, me trataba como si fuera un restaurante de comida rápida. Entraba y salía lo más rápido posible.

–Me alegra ver que encuentras algo divertido en esa situación. A mí personalmente me parece patético que un hombre no se preocupe por el placer de su amante.

Ella le rodeó el cuello con los brazos y movió las caderas.

–Eso va en los dos sentidos. Y yo creo que tienes una gran necesidad de sentir placer. ¿Por qué molestarnos con una cama cuando tenemos un porche maravilloso y una hamaca muy cómoda a nuestra disposición?

–Cierto –dijo él tras darle un beso–, pero no tenemos preservativos.

–Eso es un problema.

–Muy serio. Ya he tenido una sorpresa inesperada. No tengo intención de tener más.

Piper no estaba segura de si se refería a la sorpresa o al hijo. Sin embargo, se negaba a permitir que los sentimientos arruinaran aquel paraíso.

–En ese caso, te sugiero que me lleves a la cama.

Adan la tomó en brazos y la llevó al interior de la casa. Empezó a subir las escaleras con facilidad, como si ella pesara menos que una pluma. Tenía la habilidad de hacer que se sintiera muy hermosa.

Cuando por fin llegaron al dormitorio, él la depositó en medio de la cama. Piper vio cómo abría el cajón de la mesilla de noche y sacaba un preservativo. Resultaba evidente que él estaba muy orgulloso de verla y Piper estaba muy contenta de estar allí, pero, al ver que Adan la sorprendía mirando, se cubrió el rostro con un cojín.

Adan no tardó en destaparla.

–No te estarás poniendo tímida conmigo, ¿verdad?

–No, pero me siento algo expuesta…

Adan sonrió y comenzó a acariciarle el vientre.

–Y a mí me gusta que estés así. Sin embargo, si tienes alguna reserva, la que sea…

–Deseo esto, Adan –le dijo ella mientras le tapaba la boca con un dedo–. Llevo un tiempo deseándolo.

–En ese caso, no sigamos hablando.

Adan se estiró encima de ella y, tras deslizarse ligeramente, la penetró. Piper no hubiera podido hablar aunque lo hubiera intentado. Su peso, sus poderosos movimientos, el tacto de los músculos de él bajo las manos, el sonido de su voz describiendo lo que sentía en cada momento… Todo capturaba su atención y enloquecía sus sentidos. El aliento entrecortado, el modo en el que se tensaba indicaban que estaba conteniéndose. Cuando Piper levantó las caderas para recibirle mejor, él lanzó un gruñido y aceleró sus movimientos. Ella se dio cuenta de que Adan no podía seguir aguantando más. Entonces, se tensó con la fuerza de su clímax y se desmoronó sobre ella. Piper sentía la velocidad con la que a él le latía el corazón.

Quería quedarse así para siempre, con un hombre tan sensual y habilidoso entre los brazos. Se enorgullecía de haberlo llevado al límite. Se sentía valiente, poderosa. Nunca antes había sido así.

Después de unos instantes, Adan levantó la cabeza y sonrió.

–Espero que no me juzgues por la rapidez del acto.

–No tienes que preocuparte por eso. Te has ganado un diez…

–La próxima vez será mejor –le prometió él.

Piper deseó de todo corazón que esa próxima vez llegara pronto.

Piper demostró ser más entusiasta que ninguna otra mujer. Adan se dio cuenta cuando hicieron el amor por segunda vez a media noche. Y una vez más hacía unas horas, antes del alba. Ella le despertó con un beso antes de animarlo para que se uniera a ella en la ducha. Se pasaron allí bastante tiempo, lavándose, hasta que, de repente, él la poseyó contra la pared alicatada. Parecía no cansarse de ella.

Parecía poco probable que hicieran el amor una cuarta vez en veinticuatro horas. Adan debería estar completamente saciado. Y agotado.

–Parece que algo muy bueno se está preparando en la cocina.

Al escuchar la voz de Piper, Adan miró por encima del hombro. Al verla en la puerta, con su bata puesta, lo imposible se hizo posible y su cuerpo reaccionó con una erección espontánea.

–Estoy calentando el *ataif* que nos preparó Ghania.

–¿Qué es *ataif*?

–El *ataif* es una tortita típica de Oriente Medio, bañada en miel y canela y cubierta de nueces. Se sirve con una crema que se llama *kaymak*.

–Gracias por una descripción tan detallada, chef Adan. ¿Y quién es Ghania?

–Es la esposa de Qareeb. Son los guardeses. Ella fue tan amable de traer la comida hace unos instantes.

Adan le dedicó una última mirada antes de dedicarse de nuevo a su tarea.

–Y he recibido noticias de mi hijo. Según Maysa, solo se ha despertado una vez. He hablado con ella por teléfono. Si quieres comunicarte con alguien, puedes utilizarlo. Está en mi despacho.

–Me alegra saberlo, pero también me gustaría que me explicaras por qué te niegas a mirarme. Sé que tengo el cabello mojado y que voy sin maquillar, pero no puedo estar tan fea. O tal vez sí.

–Tu belleza es natural. Lo que ocurre es que estoy tratando de mantener la dignidad. Parece que soy incapaz de contenerme en tu presencia.

–¿De verdad?

Adan se volvió para mirarla. Ella se había sentado en uno de los taburetes. Había cruzado las piernas y estas asomaban descaradamente por la abertura de la bata.

–¿No llevas nada debajo de la bata?

–No –susurró ella, reclinándose sobre la encimera–. Se me olvidó llevar las braguitas al cuarto de baño cuando fui a ducharme…

Adan estaba a punto de olvidarse de la comida.

–Tal vez deberías vestirte antes de desayunar.

Ella descruzó las piernas para cruzarlas de nuevo y se aflojó el cinturón de la bata para hacer que el escote se le abriera un poco más. Un rosado pezón quedó al descubierto.

–Tal vez nos deberíamos olvidar de la comida por el momento…

Sin previo aviso, Adan cruzó la cocina para besarla con una pasión que no parecía conocer límites. Le desató la bata y se la quitó. Entonces, comenzó a besarle el cuello, para luego deslizarle los labios por el torso desnudo. Tras detenerse brevemente en los senos, siguió bajando por el abdomen. Lo que Adan parecía planear a continuación la excitó profundamente. A pesar de todo, cuando él le separó las rodillas, Piper se tensó durante un instante.

–Confía en mí…

Ella sonrió.

–Confío en ti…

Tras obtener permiso, Adan se puso de rodillas y comenzó a besarle el interior de los muslos hasta que sintió que Piper se echaba a temblar. A medida que se iba acercando a su objetivo, ella se mostraba inquieta, excitada. Entonces, levantó las caderas hacia la boca de él para terminar de animarlo. Con la persuasión de los suaves movimientos de la lengua y los labios, Adan fue acercándola hacia el clímax. Ella le enredó los dedos en el cabello y se agarró con fuerza. Adan sintió que estaba a punto de conseguir lo que tanto deseaba. No se equivocó. Piper lanzó un gemido cuando el orgasmo se apoderó de ella. Sin embargo, Adan se negó a parar hasta que estuvo seguro de que ella había experimentado hasta la última oleada de placer.

Cuando Piper se relajó, decidió calmar sus propios deseos. Se levantó rápidamente y agarró el preservativo que había dejado sobre la encimera, lo abrió y se lo puso en cuestión de segundos. A continuación, la penetró profundamente. Trató de templar sus movimientos, pero, al ver que ella le rodeaba la cintura con las piernas, no pudo contenerse más. No era capaz de recordar sentir tanto deseo por saciar a una mujer. No era capaz de recordar la última vez que se había sentido tan bien. Todos los pensamientos desaparecieron cuando su propio clímax se apoderó de él con la fuerza de un misil y pareció perdurarse durante un tiempo extraordinario.

Poco a poco, la lógica volvió a apoderarse de él. Comprendió que, con toda seguridad, el desayuno se habría quemado. Levantó la cabeza y buscó la mirada de Piper.

–Me temo que he fracasado como chef.

–Pero no como amante –susurró ella mientras le acariciaba suavemente la mejilla sin afeitar–, y eso es mucho más importante que el desayuno.

Por primera vez en su vida, había necesitado escuchar aquellas palabras. Nunca le había faltado la seguridad en sí mismo ni la consideración por las necesidades de sus parejas, pero siempre había mantenido los sentimientos apartados con todas ellas. Menos con Piper.

Sin embargo, por mucho que quería agradar a la hermosa mujer que tenía entre sus brazos, por mucho que le gustaría darle más de sí mismo, no estaba seguro de ser capaz. Si la historia de sus relaciones volvía a repetirse, probablemente la defraudaría también a ella.

Capítulo Siete

Cuando regresaron a palacio, Piper se moría de ganas por ver al pequeño Sam.

Evidentemente, Adan sentía lo mismo. Los dos subieron corriendo las escaleras hasta llegar a la segunda planta. Adan siguió por el pasillo a toda velocidad como si poseyera toda la energía del mundo.

Sin embargo, antes de que Adan pudiera abrir la puerta, salió de la habitación infantil una llamativa mujer de largo cabello castaño que se sobresaltó al ver a Adan.

–Me quitas años de vida, cuñado.

–Te ruego que me disculpes, Maysa –replicó él confirmando así que se trataba de la reina–. Me muero de ganas por ver a mi hijo.

Maysa cerró la puerta.

–Ya le he acostado para dormir y te aconsejo que esperes a que se despierte. Además, parece que a ti también te vendría bien dormir un poco –añadió con una sonrisa mientras miraba a Piper.

Ella dio un paso al frente y dijo:

–Soy Piper McAdams y es un placer conocerla por fin, su alteza

–Bienvenida a la familia –respondió Maysa. Sorprendió a Piper dándole un afectuoso abrazo–. Y, por favor, llámame Maysa.

Piper no quería engañarla.

—En realidad, yo no estoy…

—Acostumbrada todavía —la interrumpió Adan—. Con el tiempo, se acostumbrará a que se la considere parte de la familia real y al correspondiente tratamiento.

—No pienso consentir que me den tratamiento de alteza real —protestó Piper—, pero, hasta ahora, he disfrutado mucho de mi estancia en palacio.

—Me alegra —dijo Maysa—. Ahora, si me perdonáis los dos, me muero de hambre.

Adan miró el reloj.

—¿No es la cena más tarde que de costumbre?

Maysa se encogió de hombros.

—No, pero Rafiq me está esperando en nuestras habitaciones.

—Ah… —comentó Adan tras guiñarle un ojo a Piper—, te refieres a otra clase de apetito. No permitas que te mantengamos alejada de tu rey.

—No podríais aunque lo intentarais.

Maysa se marchó por el pasillo y desapareció inmediatamente. Entonces, Adan le agarró la mano a Piper y tiró de ella.

—¿Te he dicho lo mucho que he disfrutado del tiempo que hemos pasado juntos?

—Al menos diez veces, pero nunca me cansaré de escucharlo. Simplemente me apena que haya terminado.

—No tiene por qué, Piper. Puedes quedarte conmigo en mi suite.

Ella decidió que se estaría adentrando en un terreno emocional muy peligroso.

–Tal vez debería terminar, Adan. Después de todo, me marcharé dentro de unas pocas semanas.

–Lo sé –susurró él. Parecía desilusionado–. Razón de más para pasar tanto tiempo juntos como podamos. Soy un firme defensor de disfrutar del placer siempre que sea posible.

–No sé si es buena idea...

–Dado que tenemos que dar la impresión de que estamos casados, ¿qué mejor modo de hacerlo que compartir las mismas habitaciones?

–Podríamos hacerlo sin dormir en la misma cama.

Adan le acarició la oreja con la punta de la lengua.

–No recuerdo haber dicho nada de dormir...

–Tienes que considerar las necesidades de Sam por encima de las nuestras –dijo ella.

Adan dio un paso atrás y frunció el ceño.

–Eso es exactamente lo que tengo intención de hacer, pero no requiere todo nuestro tiempo durante la noche.

–Pero sí gran parte.

Adan le enmarcó el rostro entre las manos.

–Quédate conmigo, Piper. Quédate hasta que tengas que marcharte...

Pasar el tiempo con aquel guapo príncipe árabe sería una fantasía hecha realidad. Sin embargo, sabía que no habría final feliz. Si fuera sensata, le diría que no. Pero se dio cuenta de que el riesgo de que él pudiera romperle el corazón merecía la pena por el momento

–Está bien, Adan. Me quedaré en tus habitaciones.

***

En el silencio de su dormitorio, con la habitación iluminada por la suave luz de una pequeña lámpara, Adan decidió que jamás había experimentado una sensación de paz tan fuerte. Piper estaba acurrucada a su lado y a ella debía darle las gracias. La deseaba de todas las maneras posibles, pero apreciaba los momentos que pasaban en silenciosa compañía.

Desgraciadamente, esa paz se rompería en cuanto le diera la noticia que su hermano le había transmitido a su llegada.

—Mañana tengo que ir a la base para supervisar unas maniobras. Tendré que pasar la noche en el cuartel.

—Vaya, qué bien —dijo ella—. Me invitas a residir en tus habitaciones, pero te marchas a las primeras de cambio.

Al darse cuenta de que Piper estaba bromeando, sintió una profunda sensación de alivio. Le dio un beso en los labios, que habían esbozado una sonrisa. Entonces, ella bostezó y se estiró.

—¿Has estado en combate?

Aquella pregunta sorprendió mucho a Adan.

—Sí.

—¿Era peligroso?

—¿Por qué me preguntas eso?

—Bueno, se supone que somos marido y mujer y creo que sería prudente que me enterara de todo lo que pueda sobre ti por si alguien me pregunta.

—Comprendo. La respuesta es sí. Me he visto implicado en algunas escaramuzas mientras protegíamos nuestra zona de exclusión aérea.

—¿Escaramuzas peligrosas?

—Una de ellas sí.

—¿Qué ocurrió?

—Maté a un hombre —confesó él. No hablaba de aquella parte de su vida a menudo, pero le gustó poder desahogarse con ella.

—Supongo que fue justificado.

—Por supuesto. Si no hubiera derribado su avión, él habría arrojado una bomba sobre mi pueblo.

—¡Qué horror! ¿Y era ciudadano de Bajul?

—No. Era un insurgente de otro país. Ocurrió hace cuatro años. Inteligencia me informó de la amenaza y decidí entrar en combate. Mi padre se puso furioso, pero solo porque si yo moría se quedaría sin comandante en jefe.

—¿Te dijo eso?

—Me lo contó Rafiq. Aborté un ataque que podría habernos llevado a la guerra por primera vez en la historia de Bajul y eso es lo que importa. Sin embargo, jamás me di cuenta… Jamás imaginé lo mucho que me afectaría haber matado a un hombre. No reacioné hasta el día siguiente, mientras informaba al consejo de gobernación. Tuve que excusarme y salir para recuperar la compostura. Aquella noche, tuve unas horribles pesadillas que continuaron varios meses.

—Lo siento. Eres un hombre muy valiente y honorable. Sam tiene mucha suerte de tenerte como padre.

—Te aseguro que no hay honor alguno en matar a un hombre. Y, ahora que tengo un hijo, se lo enseñaré.

—Esa actitud es lo que te convierte en un hombre de honor. Te dolió la muerte de ese hombre hasta el punto de tener pesadillas. Eso significa que tienes compasión y conciencia.

Si eso fuera verdad, no le habría pedido a Piper que se alojara en sus habitaciones. Tan solo había pensado en sus propias necesidades. Efectivamente, la necesitaba de un modo que no habría logrado nunca predecir, pero no podía acercarse demasiado a ella ni darle esperanzas sobre lo que él podría darle. No estaba preparado para una relación permanente, tal y como su familia le había dicho una y otra vez.

–Ahora, deberíamos tratar de dormir. Sospecho que Samuel me va a necesitar en menos de dos horas.

Piper encajó su cuerpo con el de él.

–Si quieres descansar, estaré encantada de cuidar de Sam esta noche.

–No es necesario.

–Tal vez no, pero quiero hacerlo. Yo no voy a pasar mucho tiempo con él mientras que tú lo tendrás el resto de tu vida.

Las palabras de Piper lo llenaron de una profunda pena. En cuestión de semanas, se vería obligado a despedirse de una increíble mujer. Por eso, decidió concederle lo que ella le había pedido. A partir de aquel momento, le daría a Piper todo lo que ella deseara.

–Nos ocuparemos juntos de Samuel. Pero antes, ¿crees que podría convencerte para que pasáramos las próximas horas de un modo muy interesante?

–Pensaba que íbamos a dormir… –comentó ella riendo suavemente.

Adan comenzó a acariciarla.

–Si es eso lo que quieres…

–Bueno, se le da demasiada importancia a lo de dormir, por lo tanto, estoy dispuesta a experimentar otras cosas…

Piper lo llevaba a un lugar en el que Adan nunca había estado antes, a punto de estrellarse y estallar sin ningún lugar seguro en el que aterrizar. Aquella noche, no analizaría aquellos sentimientos tan desconocidos para él. Aquella noche, Piper era suya y la trataría como si siempre fuera a ser así.

Una semana antes, Piper jamás hubiera creído que podría encontrar un amante tan generoso como Adan. Tampoco hubiera creído que sus inhibiciones desaparecerían completamente cuando hacían el amor.

Mientras lo miraba bajo la suave luz del amanecer, comenzó a desearlo desesperadamente, a pesar de que estaba un poco molesta con él por no haberla despertado para ayudarle con Sam. Había estado tan profundamente dormida después de verse saciada que no había oído al niño llorar por el monitor. Menuda madre estaba hecha.

Adan comenzó a despertarse poco a poco. Abrió los ojos y parpadeó mientras le ofrecía una sonrisa tan cálida como el sol que estaba empezando a surgir entre las montañas.

—Buenos días, princesa.

—Buenos días. ¿Has dormido bien?

—Como siempre que te tengo en la cama. ¿Y tú?

—Demasiado bien. Ni siquiera oí a Sam. Me podías haber despertado para ayudarte.

—Yo tampoco le he oído —Adan frunció el ceño.

El pánico se apoderó de ambos. Se vistieron precipitadamente y salieron corriendo hacia la habitación del bebé. Al entrar, vieron que la cuna estaba vacía.

–Alguien se lo ha llevado –dijo Piper.

–Eso es imposible –replicó Adan a pesar de que el miedo le teñía los ojos castaños–. El palacio es una fortaleza. Si alguien lo secuestrara, tendría que ser alguien de dentro. Y si eso ocurriera, mataría al que lo hiciera con mis propias manos.

–No hay necesidad de eso.

Los dos se dieron la vuelta y vieron a Elena sentada en la mecedora con el bebé en brazos. Tenía una expresión de desaprobación en el rostro.

–Anoche no lo oímos ninguno de los dos –dijo Piper a modo de explicación–. Estábamos muy cansados.

–Ese maldito monitor debe de estar estropeado –añadió Adan–. ¿Está bien mi hijo?

–Sí. Y a juzgar por el peso del pañal cuando lo cambié, creo que durmió toda la noche.

Adan entornó la mirada y la miró con desaprobación.

–Deberías haber dicho algo en el momento en el que entramos aquí.

–Deberías aprender a ser más observador en lo que se refiere a tu hijo –replicó Elena–. Has aprendido una dura lección, pero necesaria. Cuando empiece a andar, debes saber dónde está en todo momento.

Piper no estaba en desacuerdo con las afirmaciones del ama de llaves, pero sí cuestionaba sus tácticas.

–Los dos estábamos esperando encontrarle en la cuna, por eso nos asustamos al no verlo.

Adan se colocó las manos en la nuca y empezó a caminar por la habitación.

–He estado en situaciones militares muy peligrosas que me han alterado menos que esto.

Elena se levantó de la mecedora y se acercó a él.

—Tranquilízate, Adan. Ahora, toma a tu bebé.

Adan lo miró como si tuviera miedo de tocarlo.

—Tengo que prepararme para los deberes que tengo hoy, pero vendré a verlo antes de marcharme a la base.

Con eso, se marchó, dejando a Piper con su antigua niñera.

—Bueno, supongo que debería acostar a este chiquitín –dijo Elena rompiendo el incómodo silencio.

—¿Puedo? –le preguntó Piper acercándose a ella con los brazos extendidos.

—Por supuesto.

Cuando lo tomó en brazos, Piper le dio un beso en la mejilla antes de ponerlo con mucho cuidado en la cuna. Miró al pequeño y se dio cuenta de lo mucho que había crecido en cuestión de días. Tan solo unas semanas más tarde, tendría que decirle adiós a él y a su padre para siempre.

—Es tan guapo…

—Sí –comentó Elena acercándose también a la cuna–. Se parece mucho a su padre a la misma edad.

—¿Era bueno Adan de bebé?

—Sí. No dio problemas hasta que cumplió dos años. Empezó a subirse en todo lo que veía. Yo no me atrevía a darle la espalda ni un segundo, trataba de regañarle por su mal comportamiento, pero él me dedicaba una encantadora sonrisa y yo le perdonaba todo.

—Tuvo suerte de tenerte a ti después de perder a su madre.

—Yo tuve suerte de tener la oportunidad de criarlo a él. De hecho, a todos los hermanos.

—¿Se implicó el rey en su educación?

Elena se dirigió de nuevo a la mecedora como si las fuerzas la hubieran abandonado.

–Hizo lo que pudo dadas las circunstancias. Le afectó mucho la pérdida de su esposa, pero no tuvo más remedio que aparcar su pena para servir a su país.

–Adan me ha comentado que el rey imponía una disciplina muy rígida –dijo Piper mientras se sentaba al lado de Elena.

–Así es. Quería que sus hijos fueran fuertes e independientes a pesar de su riqueza y de su estatus. Según algunos, en ocasiones era demasiado estricto.

–¿Te parecía eso a ti?

–Puede, pero no tenía derecho alguno a interferir.

–Yo diría que tenías todo el derecho a interferir a la luz de vuestra relación.

Elena se tensó. Pareció que aquella afirmación la había dejado sin palabras. No fue así.

–¿Te ha hablado Adan del rey y de mí?

–No –mintió–. Tan solo quería decir que, dado que tú estabas a cargo de los niños, deberías haber tenido derecho a expresar tu opinión en cómo se les trataba.

Elena se relajó un poco y comenzó a mecerse.

–El rey era duro, pero muy justo.

–No estoy segura de que para Adan fuera muy justo que lo enviara a un internado a una edad temprana.

–Lo hizo para protegerle.

–¿Para protegerle de qué? –preguntó Piper.

–Creo que ya he hablado demasiado…

–No sé lo que sabes y, francamente, no tengo por qué saberlo. Sin embargo, Adan se merece la verdad.

–Sería demasiado dolorosa para él y, a estas alturas, ya no serviría de nada.

–¿Le has preguntado a Adan alguna vez si prefiere que lo mantengas en la ignorancia? Yo creo que no le gustaría.

–No hace mucho que lo conoces...

–Es cierto, pero hemos hablado mucho sobre su padre. Aunque no quiere admitirlo, Adan tiene muchas cicatrices emocionales gracias a la falta de empatía del rey por las necesidades de su hijo pequeño.

Elena la miró fijamente.

–El rey adoraba a Adan. Le dio todo lo que el dinero podía comprar y la oportunidad de hacer lo que más le gustaba: pilotar aviones.

–Personalmente, creo que falló a la hora de darle a Adan lo que más necesitaba: que le prestara más atención como padre suyo que era. Por esa razón, Adan cree que el rey no era su padre biológico.

Elena apartó inmediatamente la mirada.

–Eso no es cierto.

–¿Estás siendo absolutamente sincera conmigo, Elena? Antes de que hables, piensa que Adan se merece saberlo para poder dejar atrás esa parte de su vida.

–Te juro por la tumba de mi padre que el rey era el padre biológico de Adan.

–En ese caso, tienes que decírselo, Elena. Y tendrás que esforzarte mucho para convencerlo, porque está seguro de que algo no encaja.

Elena se volvió para mirarla y observarla con gran atención.

–¿Sientes algo por Adan?

–Sí. Lo que se siente por un buen amigo –mintió.

–En ese caso, te sugiero que no te preocupes por cosas que no te incumben. Por el bien de Adan.

–En cierto modo sí que me incumben –replicó Piper con frustración–. Quiero ver feliz a Adan y no podrá serlo cuando sabe que la gente le está ocultando secretos del pasado. No te ofendas, pero creo que estás protegiendo al antiguo rey y los secretos que este pudiera tener.

–¿Acaso no estás tú protegiendo a Adan y a su hijo haciéndote pasar por su esposa?

–Es cierto, pero mi fingimiento no les causa dolor a ninguno de ellos.

–Dale tiempo, Piper –dijo Elena con voz suave–. Veo que Adan siente algo por ti también, tal vez mucho más de lo que cree en estos momentos. Sin embargo, cuando tú te marches, la realidad será muy amarga para los dos. Adan no es la clase de hombre que se compromete con una mujer. O, por lo menos, eso es lo que él cree.

–Elena, si alguna vez has querido a Adan, te imploro que le digas lo que sabes. ¿No te parece que ha llegado el momento de poner fin a este misterio y a su tristeza?

–La verdad que estás buscando lo cambiará para siempre. Tal vez nunca acepte los errores que han cometido las personas que forman parte de su vida, aunque esos errores tuvieran como resultado su propia existencia.

–En ese caso, es cierto que la reina tuvo una aventura extramatrimonial que tuvo como resultado el nacimiento de Adan.

–No. Sin embargo, no andas desencaminada.

Piper lo comprendió todo.

–¿Fue el rey el que tuvo una aventura?

–No. Quiso darle a la reina lo que ella no podía tener. Un tercer hijo. Esa decisión requería la implicación de otra mujer.

–¿Utilizó un vientre de alquiler? –le preguntó Piper sin poderse creer lo que estaba escuchando.

–En cierto modo, sí.

–Y tú conoces a la madre.

Elena entrelazó las manos y apartó la mirada.

–Muy bien.

–¿Y quién es, Elena? –le preguntó Piper.

La mujer se volvió para mirarla. Su gesto era cansado. Suspiró.

–Soy yo.

Capítulo Ocho

La breve estancia de Piper en Bajul había estado llena de misterios y de algunas sorpresas. Sin embargo, aquella afirmación las superaba a todas.

−¿Quién más sabe esto? −preguntó cuando pudo recuperar la voz.

Elena se levantó lentamente de la mecedora y se acercó a la ventana para mirar al exterior.

−Hasta ahora, nadie.

−Tienes que decírselo, Elena.

El ama de llaves se dio la vuelta con una mirada de desprecio en el rostro.

−Lo he estado pensando muchos años y sigo sin estar segura de que sea lo mejor.

−Adan se merece saber la verdad por boca de la mujer que le dio la vida.

−Y él me odiará por haberle ocultado la verdad durante tantos años.

−¿Por qué lo has hecho?

Elena volvió a sentarse.

−El rey lo ordenó, tanto por mi bien como por el suyo.

−Te refieres al del rey, ¿verdad? −exclamó furiosa.

−Al bien de todos y también por la reina, que ya estaba sufriendo por la decisión que Aahil, el rey, había tomado para darle otro hijo.

—Pero yo pensé que quería tener más hijos.

—Sí, pero cuando Adan nació ni siquiera podía tomarlo en brazos. De hecho, no quería tener nada que ver con él. Lo que debía darle paz consiguió tan solo hundirla más en su depresión.

—Cuando Adan fue concebido, ¿fue en un laboratorio o utilizando técnicas médicas?

—No. Adan fue concebido de forma natural. No nos podíamos arriesgar a que nadie supiera la verdad. Me avergüenza decir que Aahil y yo nos enamoramos en el proceso, aunque él siguió respetando profundamente a su esposa hasta el fallecimiento de esta. Los dos permanecimos enamorados hasta la muerte de él y, hasta el año pasado, yo mantuve nuestra relación en secreto.

En resumen, el rey se había acostado con el ama de llaves para darle a la reina el hijo que tanto deseaba. Después, habían tenido una aventura de dos décadas. Un cuento de hadas algo enredado que debía seguir aclarándose.

—¿Hasta el año pasado? ¿Significa eso que Adan sabe que tú tuviste una relación con su padre?

—Sí. Lo saben los tres hermanos, pero no que yo soy la verdadera madre de Adan.

—No es demasiado tarde para rectificar, en especial ahora que Adan tiene un hijo. Un nieto al que puedes reconocer como tal si le cuentas a Adan la verdad.

Los ojos de Elena comenzaron a llenarse de lágrimas.

—No podría soportar decirle el resto por miedo a que me odie.

Piper se inclinó sobre ella y le agarró las manos.

—Tú eres la única madre que él ha conocido. Te

quiere mucho. Tal vez necesite un tiempo para hacerse a la idea, pero estoy seguro de que terminará perdonándote.

–El amor que le tengo me empuja a protegerle del sufrimiento. Por eso, debes prometerme, Piper, que no le dirás nada.

–Te prometo que dejaré que seas tú quien se lo diga a Adan, pero…

–¿Decirme qué?

Piper se irguió rápidamente al ver a Adan.

–Estábamos hablado… hablando de…

–Del cuidado de Samuel –dijo Elena mientras advertía a Piper con la mirada.

–¿Acaso estoy haciendo algo mal? –preguntó él.

A Piper le dolía mentir a Adan, pero sabía que no le correspondía a ella decirle la verdad.

–Lo estás haciendo fenomenal. Le he pedido a Elena que te siga animando cuando yo ya no esté aquí.

La expresión de él se volvió sombría.

–Ya hablaremos de tu partida. Ahora, tengo que despedirme de mi hijo.

Adan se acercó a la cuna y le puso a Samuel suavemente la mano en la frente. Estaba tan guapo con su uniforme azul marino y sus pesadas botas de aviador…

–Supongo que te veremos mañana por la noche –le preguntó para no seguir pensando.

–Sí, y espero que no demasiado tarde –dijo. Entonces, le besó suavemente los labios como si aquel matrimonio fingido se hubiera hecho real de repente–. Hazle compañía, Elena –añadió mientras le daba un beso a su antigua niñera sin saber que se estaba despidiendo de su madre–. No le cuentes todas mis malas costumbres.

–No te preocupes… –susurró la mujer mientras le golpeaba suavemente la mejilla.

Cuando Adan se marchó, Piper volvió a mirar a Elena.

–Te doy mi palabra de que no le diré nada mientras me prometas que le contarás la verdad. Si no lo haces, lo haré yo.

–Está bien. Se lo diré antes de que te marches y espero sinceramente que le digas tú también lo que le estás ocultando.

Aquello dejó atónita a Piper.

–Yo no le estoy ocultando nada.

–Claro que sí –afirmó Elena mientras se dirigía hacia la puerta–. Estás enamorada de él. Díselo pronto.

Piper permaneció en la habitación de Samuel durante mucho tiempo después de que Elena se marchara. ¿De verdad estaba enamorada de Adan? ¿Se atrevería ella a admitirlo ante sí misma antes de decírselo a él?

En lo más profundo de su corazón, sabía que estaba enamorada de Adan y que amaba también al hijo de él como lo habría hecho con uno propio. Desgraciadamente, no serviría de nada si Adan no sentía lo mismo por ella. El tiempo lo diría. Y, desgraciadamente, el tiempo se les iba acabando poco a poco…

Adan regresó a palacio pasada la medianoche, completamente agotado. Sin embargo, en el momento en el que entró en el pasillo en el que estaban los dormitorios, la fatiga comenzó a desaparecer. Primero fue a ver a su hijo. Encontró la puerta de la habitación abierta, la cuna desierta y un biberón vacío, lo que indicaba que alguien había estado allí hacía poco para cuidar del bebé. Y sabía quién era esa persona.

Volvió rápidamente sobre sus pasos y, al detenerse frente a la puerta, escuchó la melódica voz de Piper cantándole a Samuel una nana en francés.

–Dodo, l'enfant do, l'enfant dormira bien vite. Dodo, l'enfant do. L'enfant dormira bientôt.

Adan permaneció en el pasillo, escuchando. Recordó cuando Elena le cantaba a él para que se durmiera. Desgraciadamente, no tenía recuerdos de su madre haciendo lo mismo, lo que le llevó a preguntarse si Samuel terminaría odiándole por haberle apartado de Talia. Es decir, si la supermodelo renunciaba a sus derechos.

Un repentino silencio le empujó a entrar en el dormitorio. Vio que Piper se había reclinado contra el cabecero. Tenía los ojos cerrados y el oscuro cabello le caía sobre las almohadas en las que se había apoyado. El pequeño estaba profundamente dormido, acurrucado contra los pechos de ella. Si Piper no le hubiera estado acunando suavemente, Adan habría creído que ella también estaba dormida.

Permaneció inmóvil. Se dio cuenta de que había empezado a sentir algo muy profundo hacia Piper, la mujer que se había ofrecido a cuidar de su hijo sin dudarlo. Sin embargo, esperar que ella siguiera cumpliendo aquel papel mucho tiempo sería injusto para el bebé y para ella. Piper tenía otra vida en otro país y regresaría muy pronto para retomarla.

Cuando Piper abrió los ojos y le vio, sonrió y se llevó un dedo a los labios para asegurarse su silencio. Adan esperó en la puerta mientras ella se levantaba lentamente y se acercaba a él.

–Volveré enseguida –susurró–. A menos que vuelva a despertarse.

Adan besó suavemente la cabeza a Samuel y luego besó también a Piper en la mejilla.

Mientras esperaba a que ella regresara, se puso en acción. Se desnudó de camino al cuarto de baño y se metió en la ducha para lavarse. Acababa de terminar de enjuagarse cuando la puerta de la mampara se abrió y una hermosa mujer desnuda entró para reunirse con él.

–Te he echado de menos –susurró ella poniéndose de puntillas para besarle en los labios.

–Yo también…

La conversación cesó mientras se acariciaban mutuamente con ávidas manos. Se besaban con pasión compartida y se tocaban sin freno. Adan mantuvo aposta a Piper a punto de alcanzar el orgasmo con una ligera presión para luego acelerar el ritmo. Ella dejó escapar un profundo gemido y le arañó la espalda con la fuerza de su clímax. Adan descubrió muy pronto que ella quería corresponderle cuando le arrinconó contra la pared de la ducha, se arrodilló y comenzó a estimularle con la boca. Adan echó la cabeza hacia atrás y apretó los dientes cuando sintió que el orgasmo estaba cerca. No iba a permitir que eso ocurriera. Le agarró de las muñecas y la obligó a levantarse.

–Aquí no…

La tomó en brazos y la llevó al dormitorio. Se tumbó con ella en la cama a pesar de que los dos estaban completamente empapados. Entonces, refrenó la pasión y comenzó a darle placer con la boca, igual que ella había hecho con él, hasta que su propio cuerpo demandó mucho más. Se colocó un preservativo y se hundió plenamente en ella. Piper suspiró de gozo cuando él la abrazó, pero Adan no parecía poder acercarse a ella lo suficiente, ni siquiera cuando Piper le rodeó la cintura con las piernas.

Todos los sentimientos desconocidos y el deseo desesperado culminaron en un clímax que lo hizo temblar hasta lo más hondo de su ser. El corazón le latía a una velocidad infernal en el pecho y tenía dificultades para respirar. Piper comenzó a acariciarle suavemente la espalda para tranquilizarle, para devolverle a la realidad. Y esa realidad incluía un sentimiento que siempre había rechazado en el pasado, una expresión que jamás había pronunciado para ninguna de sus amantes. Unas palabras que no se atrevía a reconocer porque, al hacerlo, sería completamente vulnerable para una mujer que tenía que marcharse.

Prefería quedarse como siempre, inmune al amor romántico. Sin embargo, se preguntó si encontraría la fuerza para dejarla marchar. La encontraría. No le quedaba elección.

Por suerte, no sería aquella noche.

Habían pasado tres semanas. Solo quedaba una.

A medida que las primeras luces del alba empezaban a filtrarse por la abertura de las pesadas cortinas, Piper no podía dejar de pensar en el poco tiempo que le quedaba antes de regresar a casa. En aquellos momentos, estaba tumbada en la cama, sola, abrazada a una almohada, preguntándose sin comprender por el repentino cambio de actitud de Adan.

A lo largo de los últimos días, había empezado a

pasar más tiempo con el bebé y menos con ella. Piper se sentía culpable por sentirse celosa del bebé, pero no comprendía por qué se metía en la cama pasada la medianoche ni tampoco por qué llevaban una semana sin hacer el amor.

Se preguntó si Elena le habría confesado su secreto, pero estaba segura de que Adan se lo habría dicho a ella si así hubiera sido. Tal vez la culpaba por meterse donde no la llamaban o podría ser que el príncipe se estuviera preparando para su partida. ¿Debería hacer ella lo mismo? Desgraciadamente, últimamente había aprendido a dejarse llevar por el corazón y no por la cabeza. Esta le decía que aceptara el final de su relación, pero el corazón la animaba a que no se rindiera sin presentar batalla.

El corazón ganó la partida. Se levantó de la cama y fue a buscar a Adan. Supuso que seguiría en la habitación de Samuel. Efectivamente, allí lo encontró. Estaba sentado en la mecedora con Sam sobre el hombro. Los dos estaban profundamente dormidos.

Al ver tan preciosa imagen, todos sus miedos desaparecieron. Se trataba de una escena que merecía la pena dibujar. Con eso en mente, regresó rápidamente a la habitación que llevaba semanas sin ocupar para recoger su bloc de dibujo y su lápiz. Entonces, regresó a la habitación de Samuel y comenzó a dibujar a padre e hijo sumidos en un plácido y profundo sueño. Un recuerdo que poder llevarse consigo para no olvida. A menos que…

Poco a poco, comenzó a formarse un plan en su cabeza mientras dibujaba. Cuando terminó, regresó a la habitación de Adan y escondió el bloc en su cajón de la ropa interior y tomó el teléfono de palacio. Esperaba que contestara Elena, pero escuchó una voz desconocida.

—¿En qué puedo ayudarla?

—¿Con quién estoy hablando?

—Mi nombre es Kira. Y usted es la esposa del jeque Adan.

—Eso es. ¿Hay alguien disponible para que me haga un recado?

—Subiré inmediatamente.

Piper tuvo el tiempo justo de asearse un poco antes de que la tal Kira llamara a la puerta. Abrió y se encontró frente a una mujer de cabello castaño claro y maravillosos ojos negros. Llevaba una chaqueta azul marino sobre una blusa blanca y una falda a juego con la chaqueta.

—Buenos días, princesa Mehdi.

—Gracias por responder con tanta rapidez a mi llamada, Kira. Este recado es bastante urgente. De hecho, ni siquiera estoy segura de que sea posible.

—Es mi segundo día como empleada de palacio, pero es mi deber que así sea.

—Está bien. ¿Hay en la ciudad una tienda que venda materiales de dibujo?

—Sí, señora.

—Genial. Necesito un lienzo, el mayor disponible, y un juego completo de pinturas al óleo hoy mismo.

—Me encargaré personalmente.

—Maravilloso. Iré a por dinero para…

—Eso no será necesario. El presupuesto de palacio cubre todos sus gastos.

Piper no tenía ganas de discutir.

–Te lo agradezco mucho. Por curiosidad, ¿eres de Bajul? Te lo pregunto porque no tienes acento.

–Nací y crecí aquí, pero he estado varios años viviendo en Montreal. Mi madre era canadiense y, mientras trabajaba en Dubái, conoció a mi padre, se enamoró locamente de él y no volvió a marcharse.

–Es una historia maravillosa. Ahora, si no te importa, tengo que pedirte otro favor.

–Lo que desee, princesa Mehdi.

–¿Cuántos años tienes, si no te importa que te lo pregunte?

–Veintisiete –respondió la muchacha algo confusa.

–Yo voy a cumplir veintisiete dentro de tres meses. Dado que tenemos la misma edad, preferiría que te dirigieras a mí por mi nombre de pila mientras estemos solas. Con toda sinceridad, me vendría bien una amiga en palacio. Una amiga de mi misma edad.

–Supongo que podría hacerlo… –comentó la muchacha con una sonrisa.

–Ahora, otro favor. No le digas a nadie que te he pedido que vayas a comprar esas cosas. Quiero sorprender a Adan.

–Te lo prometo. No le diré ni una sola palabra.

Las dos se echaron a reír, pero el buen humor cesó en cuanto Adan entró por la puerta sin previo aviso. Miró a Piper confuso y luego se fijó en Kira.

–¿Me engañan mis ojos o ha regresado a casa la hija del guardés de El Retiro?

–No, su alteza. He vuelto y ahora estoy trabajando en palacio con la única intención de servirle.

–¿Qué es eso de «su alteza»? Si no recuerdo mal, fui el primero que te besó.

–Y si no recuerdo yo mal, te di un bofetón antes de que pudieras hacerlo.

Adan y Kira se echaron a reír. Entonces, Adan la agarró de la mano y la obligó a darse la vuelta. Piper dedujo que los dos se conocían bien. Tal vez demasiado bien. No pudo reprimir los celos al ver la camaradería que existía entre ambos.

–Pensé que estabas prometida para casarte, Kira –comentó Adan.

–No salió bien. Es una larga y triste historia que no merece la pena contarse. Por suerte, mis padres le dijeron a Elena que iba a regresar y aquí estoy.

Adan miró por fin a Piper.

–Los padres de Kira trabajaron en palacio muchos años.

–Mi padre se ocupaba de los jardines y mi madre era la cocinera jefe.

–Y ella era un verdadero terror en su juventud.

Kira frunció el ceño.

–Si no fuera tu subordinada, posiblemente te volvería a dar un bofetón. Sin embargo, como lo soy, os dejaré solos, dado que tengo que ocuparme de una tarea muy importante. Princesa Mehdi, me alegro de haberla conocido.

Kira se dirigió hacia la puerta y se marchó.

–Parece que tiene mucha prisa. Evidentemente, su relación no terminó bien –comentó Piper.

Adan pareció perder de repente su buen humor.

–Con frecuencia, las relaciones siguen su curso y, habitualmente, la conclusión no es muy favorable.

–No sabía que eras tan cínico, su alteza.

Él desapareció en el vestidor y salió con unos pantalones de combate de color caqui, una camiseta azul marino y un par de botas.

—Soy realista.

—Pues tus hermanos están felizmente casados.

—Tal vez sean la excepción a la regla.

—¿Tus reglas?

—Yo no he hecho las reglas, Piper —replicó él. Se puso los pantalones y se los abrochó—. Solo reconozco que las relaciones fallidas parecen ser mi fuerte.

—¿Te refieres a Talia?

Adan se sentó en la cama y comenzó a ponerse las botas.

—Sí, entre otras no tan íntimas, como la que tuve con mi padre.

—Tú no le fallaste, Adan. Él te falló a ti.

—Supongo que tienes razón. Aparentemente, nunca conseguí nada que le importara por mucho que me esforzara. Él nunca hablaba de mis habilidades, ni siquiera cuando el consejo me nombró comandante de las fuerzas armadas.

—Bueno, al menos tuvo suficiente fe en ti como para creer que podrías con la responsabilidad.

—O puede ser que esperara que fracasara. Por suerte, demostré que estaba equivocado.

—Es cierto. Si te sirve de consuelo, yo estoy muy orgullosa de todo lo que has conseguido, tanto en el ámbito profesional como paternal.

Adan la miró fijamente.

—No me has dicho por qué estaba Kira aquí.

—Le he pedido que vaya a comprarme cosas de aseo íntimo. Estoy dispuesta a mostrarte la lista si piensas que estábamos planeando algo en tu contra —mintió.

129

—No será necesario. Tengo que marcharme. Después de desayunar, he pensado que voy a llevar a Samuel a dar un paseo por los jardines de palacio.

—¿Te importa si os acompaño?

—Eso depende de ti.

La falta de entusiasmo le dijo a Piper lo que necesitaba saber. Su presencia no era bienvenida.

—En ese caso, dejaré que Samuel y tú disfrutéis de un tiempo en solitario. Además, tengo algo que hacer.

Pintar un retrato que le regalaría al príncipe. Sería su regalo de despedida.

—Como quieras. Le diré a la cocinera que te mantenga caliente el desayuno.

Piper decidió buscar las respuestas que necesitaba.

—Antes de que te marches, tengo algo que decirte.

Adan se detuvo con la mano en el pomo de la puerta. Se volvió para mirarla.

—Te escucho.

Piper respiró profundamente y se preparó para la posibilidad de sentir cómo el corazón se le partía en dos.

—Estoy enamorada de ti.

Adan la miró como si le hubiera dado una bofetada.

—¿Qué has dicho?

—He dicho que te amo, Adan. No lo había planeado ni lo quería, pero ha ocurrido a pesar de mi resistencia. Mi pregunta es qué es lo que sientes tú por mí.

Él bajó los ojos.

—Yo no puedo ser el hombre que tú necesitas.

—¿De qué tienes miedo, Adan?

—No tengo miedo, Piper. Soy pragmático.

—No. Eso no es cierto. Eres un hombre valiente, pero tienes miedo de arriesgarte por nosotros.

–Solo estoy pensando en tu bienestar. Siento algo por ti, Piper, tal vez más de lo que haya sentido por ninguna otra mujer en el pasado, pero no pienso romperte el corazón porque no puedo conseguir serle fiel a una única mujer.

Aquella sorprendente revelación dejó atónita a Piper.

–¿Le fuiste infiel a Talia durante los seis años que estuvisteis juntos?

–No.

–¿Le has sido infiel a alguna mujer con la que hayas estado?

–No, pero...

–¿Y por qué me ibas a ser infiel a mí?

–Porque, gracias a mi madre, estoy predispuesto genéticamente al adulterio.

Piper no podía permitir que siguiera pensando que su madre había sido infiel a pesar de lo que le había prometido a Elena.

–Adan, tu madre era...

El insistente modo en el que alguien llamó a la puerta impidió que Piper pudiera seguir hablando. Adan abrió la puerta y murmuró una maldición en árabe al ver de quién se trataba. Piper vio que era Talia. La modelo llevaba el cabello recogido sobre la nuca y su esbelto cuerpo embutido en un mono azul. Su maquillaje era perfecto. Los labios pintados de rojo se fruncieron en una cínica sonrisa.

–¡Sorpresa, maldito canalla! ¡He vuelto!

Capítulo Nueve

Piper decidió que sobraba en aquella conversación.

–Os dejaré solos para que podáis hablar –dijo mientras se dirigía rápidamente hacia la puerta.

Talia entró en el dormitorio hecha una furia y le bloqueó la salida.

–Nada de eso, bonita. La fiesta acaba de comenzar.

Adan se acercó a Piper y se colocó delante de ella.

–Tranquilízate, Talia. Si hay alguien que tiene motivos para sentirse irritado, soy yo. Deberías haber tenido la cortesía de informarme de que ibas a venir.

–Y tú de que te habías casado con… –le espetó ella–, con esta fregona.

–Piper no es ninguna fregona –afirmó Adan con furia en la voz–. Además, tu discusión es conmigo, no con ella. Si quieres acompañarme al despacho, podremos hablar allí de nuestro hijo.

–Me parece bien aquí –se mofó Talia–. Después de todo, según dice la prensa, te la has estado trajinando en este dormitorio desde hace ya algún tiempo.

–No te puedes creer todo lo que lees o escuchas, Talia –le dijo Piper–. Adan ha hecho lo que tenía que hacer para proteger a Sam.

Talia le dedicó una gélida mirada.

–Nuestro hijo no debe ser preocupación tuya –le espetó.

—Pero lo es mía –intervino Adan–, y estoy dispuesto a ofrecerte una considerable cantidad a cambio de quedarme con la custodia de Samuel.

—Tus abogados ya lo han hablado con los míos.

Adan la miró con una mezcla de confusión e ira.

—¿Cómo es eso posible cuando yo no he consultado a los abogados de palacio?

—Tal vez deberías hablar con tu hermano al respecto –replicó Talia.

—¿El rey sabía que ibas a venir?

—Sí –dijo Talia–. Hice que Bridget llamara cuando regresé a París. Rafiq no me permitió hablar contigo, por lo que me monté en un avión y vine inmediatamente. Prácticamente me recibió en la puerta con los papeles. Los he firmado.

—Entonces, te parece bien que Adan se quede con la custodia de Samuel –dijo Piper, aunque sabía que estaba metiéndose donde no le llamaban.

Talia frunció el ceño.

—Claro. Se lo doy a Adan. ¿Qué iba yo a hacer con un niño?

A Piper se le ocurrieron muchas cosas que llamarla para definir lo que pensaba de ella. Por suerte, Samuel empezó a llorar en aquel mismo instante y le dio la excusa que necesitaba para marcharse.

—Yo me ocuparé de él.

Salió del dormitorio y fue a atender al niño. El pequeño lloraba desesperadamente, como si de algún modo sintiera la tensión que se respiraba en la otra habitación. Al tomarlo en brazos, Piper se dio cuenta de que necesitaba desesperadamente que le cambiaran de pañal. Mientras lo hacía, no podía dejar de pensar en que

Talia había renunciado a él sin pensárselo. ¿Acaso no se daba cuenta del precioso don que la vida le había regalado? Por supuesto que no. A la supermodelo no le preocupaba nada que no fueran sus propias ganancias personales… Como le había ocurrido a su propia madre.

Decidió que no le iba a poner tan fácil la decisión que había tomado. Tras terminar de cambiarle, tomó al niño en brazos y volvió a la habitación de Adan a tiempo de escuchar cómo Talia decía:

—Ahora que está todo acordado, me marcho.

—Todavía no te vas a ir a ninguna parte –le espetó Piper–. Al menos, no hasta que mires bien a lo que vas a renunciar.

Piper se colocó frente a ella y le dio la vuelta al bebé para que lo pudiera ver.

—Míralo, Talia. Piensa en lo que estás haciendo. Aún no es demasiado tarde para que cambies de opinión.

Adan dio un paso al frente.

—Es inútil, Piper. Ella ha tomado su decisión y elige su carrera como modelo. No desea tener nada que ver con Samuel.

—Te advierto que esta decisión cambiará por completo tu vida –insistió ella sin hacerle caso a Adan–. Si te marchas ahora, no hay vuelta atrás. ¿Es eso lo que realmente quieres?

—No puedo criarlo –dijo Talia a pesar de que la chispa de la indecisión apareció en su mirada.

—¿Estás segura? –le preguntó Piper. Su desdén decreció al comprobar que comenzaba a haber fisuras en la resistencia de Talia.

–Si fuera una persona diferente, tal vez podría. Sin embargo, jamás se me va a dar bien y sería injusto para él que lo intentara –dijo. Entonces, los sorprendió a todos agarrando el puño cerrado de Sam–. Adiós, pequeñín. Pórtate bien con tu padre y con tu nueva mamá.

Talia echó a correr hacia la puerta. Piper se dio cuenta de que tenía lágrimas en los ojos.

–Tal vez la he juzgado mal –admitió–. Tal vez por primera vez en su vida está haciendo algo generoso.

Adan se metió la mano en el bolsillo.

–¿No te parece extraño que a los tres nos hayan traicionado nuestras madres?

Piper sabía que Adan no estaba del todo en lo cierto. Había prometido no decirle nada, pero necesitaba darle un poco de paz. Tal vez podría evitar romper su promesa dándole solo una verdad parcial.

–Hay cosas que no sabes sobre tu madre y que ya va siendo hora de que sepas.

Adan la miró y frunció el ceño.

–¿De qué estás hablando?

–Tienes que preguntárselo a Elena. Ella tiene las respuestas y está dispuesta a dártelas.

Unos instantes más tarde, Adan se encontró frente a la puerta del despacho de Elena. Se sentía muy confuso. Sospechaba que muy pronto sabría algo, pero no estaba seguro de querer saberlo.

La puerta estaba abierta.

–Entra, *caro*.

–¿Te interrumpo? –preguntó mientras se sentaba frente a ella.

–Por supuesto que no. Tú siempre eres bienvenido.

Adan estiró las piernas para aparentar tranquilidad a pesar de que estaba muy nervioso.

–Talia ha venido para cederme la custodia de Samuel.

–Ya lo he oído. Siento mucho que tu hijo no vaya a tener la oportunidad de conocer a su madre. Por otro lado, dado que conozco las carencias de esa mujer, la decisión que ha tomado es la mejor.

–Piper sugirió que era un acto de generosidad por parte de Talia.

–Piper tiene razón, su sabiduría va más allá de sus años.

Llegó el momento.

–Y siguiendo con el tema de la maternidad, Piper también me informó de que tú sabías algo sobre mi madre que ella cree que yo debería saber.

El pánico se reflejó en los ojos de Elena.

–Le dije que te lo diría cuando llegara el momento.

–Tal vez el momento ya ha llegado.

Elena dudó un instante.

–Supongo que tienes razón –admitió. Entonces, apartó los papeles en los que había estado trabajando–. En primer lugar, debo aclararte algo que tú siempre has pensado sobre tus padres y que es incorrecto. Tu madre permaneció fiel a su esposo durante el matrimonio y los dos de amaron. Lo más importante es que Aahil Mehdi era tu padre biológico, y no un desconocido.

–Si eso es verdad, ¿por qué soy el único hijo al que no se crio y educó aquí en palacio?

–Para protegerte, Adan.

–¿De qué?

—De que alguien pudiera averiguar quién era tu verdadera madre y sufrieras las consecuencias de que te etiquetaran como el hijo de una concubina.

La ira comenzó a apoderarse de Adan.

—¿Me estás diciendo que mi padre era el adúltero y que soy el producto de su aventura con una criada?

—No. Tu padre era un buen hombre, pero tú le recordabas que había fallado a la hora de hacer feliz a su reina dándole el bebé que ella no había podido concebir. Sin embargo, tú fuiste la mayor alegría de mi vida desde el momento en el que llegaste a este mundo —añadió con una triste sonrisa.

—¿Tú me pariste?

—Sí. Lo hice como un favor hacia el rey y, durante el proceso, los dos nos enamoramos. Como ya sabes, el amor continuó hasta que él murió, pero te aseguro que no hicimos nada al respecto hasta que la reina falleció.

—¿Por qué has esperado tanto para contarme todo esto?

—Le prometí a tu padre que jamás le revelaría la verdad a nadie, ni siquiera a ti.

—Ni él tenía derecho a pedirte eso ni tú a ocultármelo durante tantos años —le espetó él furioso.

—Ahora lo sé. Si Piper no me hubiera presionado para que le contara la verdad, me podría haber llevado el secreto a la tumba.

Adan no sabía si sentir gratitud o resentimiento hacia las dos mujeres.

—¿Cuánto tiempo hace que lo sabe ella?

—Unos días.

—Me lo debería haber dicho inmediatamente…

—Yo le supliqué que no lo hiciera. Que me permitiera a mí decírtelo. No te contó nada porque te ama, Adan. Solo quiere lo mejor para ti y cree que con esta información por fin podrás encontrar la paz. Supongo que cree que las mentiras tienen la capacidad de destruir las relaciones.

Y también la verdad. Su relación con Piper había estado cuajada de mentiras desde el principio. No estaba seguro de poder confiar en ella.

Se puso de pie.

—Seguiremos hablando de esto cuando haya tenido tiempo de digerir la información.

Los ojos de Elena se llenaron de lágrimas.

—Por favor, dime que no me odias, Adan.

—Yo jamás podría odiarte, Elena. Te aseguro que intentaré perdonarte. Eso es lo único que te puedo prometer en estos momentos –dijo antes de darse la vuelta para marcharse–. Ahora, voy a tener una conversación muy seria con mi fingida esposa.

—¿Qué te dio derecho a meterte en mi vida?

—Supongo que Elena te lo ha contado todo.

—Correcto. Aún no me has respondido –le dijo secamente.

—Está bien. Tú lo ves como una interferencia y yo como el esfuerzo para encontrar las respuestas que siempre has anhelado.

—Tenía una razón para no buscar nunca esas respuestas.

—¿Y la razón es?

—Sabía que no saldría nada bueno de todo esto. Como así ha sido.

–¿Qué tiene de malo saber por fin la identidad de tu verdadera madre? Mi hermana y yo tratamos en vano de averiguar quién era nuestro padre. Nunca lo conseguimos. Al menos, tú sabes que tienes una madre maravillosa.

–Yo no soy tú, Piper. No tenía deseo alguno de saber la verdad. Y ahora que la sé, he descubierto que incluso la persona más de fiar es capaz de traicionar.

–Mira, Adan –dijo Piper, sabiendo que con aquella afirmación se refería a ella–. No estoy de acuerdo con que Elena te ocultara la verdad durante tanto tiempo, pero sé que tenía miedo. Al ver tu reacción le has dado la razón en eso.

–¿Y cómo quieres que reaccione, Piper? –replicó él–. ¿Debería estar celebrando las mentiras que se me han contado toda mi vida o el hecho de que tú supieras la verdad y me la ocultaras?

–No me resultó fácil, créeme, pero no era yo quien debía decirte la verdad.

–Tampoco eras tú quien debía ir husmeando por ahí.

Aquellas palabras le dolieron mucho a Piper

–A veces es necesario mentir para proteger a los que amas, igual que tú has hecho con Samuel mintiendo sobre nuestro matrimonio.

–Tienes razón y pienso resolver ese detalle inmediatamente. Ahora que Talia ha renunciado a sus derechos, ya no tienes motivo para seguir aquí. Lo organizaré todo para que puedas regresar a casa lo antes posible.

Piper se puso de pie. Tenía unas tremendas ganas de echarse a llorar.

–Ya está, ¿no? He cumplido mi propósito y ahora me vas a echar a la calle.

–No te estoy echando –dijo él–. Te estoy devolviendo tu libertad.

–¿Cómo he podido creer que significaba algo más para ti que una manera rápida de proteger tu reputación? ¿Cómo he podido creer que eras un hombre de honor?

–Lo sería aún menos si te mantuviera aquí más tiempo cuando los dos sabemos que jamás te podré dar lo que necesitas.

Tratando de contener las lágrimas, Piper se sujetó contra el pecho el libro que había estado leyendo.

–Tienes razón. Necesito un hombre que sea capaz de bajar la guardia y darle una oportunidad al amor. Solo espero que recuerdes siempre que ese niño va a necesitar todo el amor que seas capaz de darle dado que jamás va a conocer a su madre. No le falles tan solo porque tú eres incapaz de sentir.

Piper se marchó sin darle oportunidad para responder. Regresó al dormitorio que había compartido con Adan y comenzó a hacer las maletas.

Había terminado de recoger todo cuando alguien llamó a la puerta. Deseó de todo corazón que Adan hubiera recuperado la cordura y fuera a verla para pedirle una segunda oportunidad. Que se presentara allí con el corazón abierto para ofrecerle una declaración de amor eterno.

Como era de esperar, se había equivocado. Era la sonriente Kira la que había llamado a su puerta.

–Siento mucho molestar, su… Piper –añadió, tras asegurarse de que estaban solas–, pero la tienda no tenían lienzos disponibles y tan solo tenían tiza, pero se ofrecieron a pedirte por encargo todo lo que quieras.

—No importa. Ya no lo voy a necesitar. Probablemente no debería mencionarte esto, pero no tardarás en enterarte –dijo optando por contarle la verdad a medias–. Mi matrimonio no funciona y regreso a mi país esta misma tarde.

Kira se quedó boquiabierta.

—Lo siento mucho, Piper. Al veros juntos a Adan y a ti hoy, llegué a la conclusión de que estabais completamente enamorados el uno del otro.

—El amor no siempre es suficiente, Kira. Me da mucha pena no tener la oportunidad de llegar a conocerte bien.

—Bueno, te veré cuando vengas a traer al bebé para que vea a su padre.

—Adan tiene la custodia. Tengo que viajar mucho por mi trabajo y los dos creemos que es importante que Sam crezca en su país, con su gente.

—¿Pero vendrás a verle?

La última y más dolorosa mentira.

—Por supuesto. Ahora, si me perdonas, quiero ir a darle un último biberón a Sam antes de marcharme –mintió Piper para terminar con la conversación.

Kira le dio un abrazo.

—Hasta pronto, Piper. Te deseo la mejor de las suertes –susurró la joven.

—Lo mismo te digo –replicó ella.

Se dirigió inmediatamente a la habitación de Sam para no ceder a la tentación de contarle a Kira la verdad. Además, por muchas ganas que tuviera de ver a Samuel, temía tener que despedirse de él. Sacó al pe-

141

queño de la cuna y lo abrazó por última vez. El pequeño abrió los ojos, pero no hizo sonido alguno, como si
comprendiera la importancia de aquel momento. Piper
deseó de todo corazón ser su madre. Si por lo menos su
padre la hubiera correspondido. Si…

—El coche está esperando, su alteza.

A Piper le habría encantado decirle a Abdul que esperara, pero no vio motivo para prolongar la inevitable
despedida. Besó a Sam en la frente y volvió a dejarlo
en la cuna.

—Te quiero, chiquitín. Sé que me olvidarás, pero yo
nunca te olvidaré a ti.

Tras mirar a Sam por última vez, Piper se dio la
vuelta para descubrir que Adan estaba allí, observándola con un cierto remordimiento en la mirada.

—No quiero que te marches sin que te exprese mi gratitud por todo lo que has hecho por Samuel y por mí.

—De nada, su alteza —replicó ella con frialdad—. Ha
sido una aventura.

—También quiero asegurarte que trataré a mi hijo
como debo. Me aseguraré de que tiene todo lo que desea.

—Espero que con limitaciones —bromeó ella—. No
me gustaría que le regalaras el primer avión cuando
cumpla un año.

Adan sonrió.

—Puedes estar segura de que me contendré hasta
que cumpla los dos años.

—Buena idea. No quiero que le mimes demasiado.

Un tenso silencio se produjo entre ambos. Ninguno
de los dos sabía qué decir. Fue Piper quien tomó por
fin la palabra.

—Bueno, supongo que debo ir a recoger mis cosas.

Solo quiero que sepas que no lamento el tiempo que hemos pasado juntos, tan solo que este pequeño cuento de hadas no haya tenido final feliz. Sin embargo, así es la vida. Adiós, Adan.

Cuando trató de marcharse, Adan le agarró del brazo y la estrechó contra su cuerpo.

–Eres una mujer maravillosa, Piper. Te deseo el mejor de los futuros con un hombre que te merezca.

Ella dio un paso atrás. Estaba decidida a marcharse con una sonrisa en los labios.

–Voy a olvidarme de los hombres un tiempo, pero he decidido que voy a tratar de abrirme camino en el mundo del arte.

–Me alegro. Tal vez me puedas enviar uno de tus trabajos en el futuro. Te pagaré un buen precio.

–Lo pensaré… –susurró ella. Ansiaba tanto refugiarse entre los brazos de Adan. Sin embargo, el orgullo se lo impedía–. Mientras tanto, cuídate.

–Lo mismo digo, Piper.

Se marchó sin mirarle. Después de montarse en la limusina que la llevaría al aeropuerto, miró hacia el palacio y vio una figura de pie en la terraza del segundo piso. La figura del hombre que le había cambiado la vida. El jeque de sus sueños. Su príncipe. El que le había robado por completo el corazón.

Capítulo Diez

–Esto llegó hace un rato para ti.

Adan estaba mirando por la ventana de la habitación de Samuel. Se dio la vuelta y vio a Elena con una enorme caja rectangular.

–Viene de los Estados Unidos –añadió la mujer–. De Carolina del Sur, para ser exactos.

Adan supo inmediatamente lo que contenía, aunque jamás creyó que ella honrara su petición después del modo en el que la había tratado.

Abrió el paquete bajo la atenta mirada de Elena. Tal y como había esperado, la caja contenía un cuadro. Sin embargo, jamás habría esperado que lo que se había pintado sobre aquel lienzo fuera un padre dormido con un bebé en brazos.

–Oh, Adan… Es un regalo precioso…

Él habría estado de acuerdo si hubiera podido quitarse el nudo que le impedía hablar. Después de apoyar el cuadro en la cuna, tomó a su hijo en brazos y lo levantó. El bebé le dedicó una preciosa sonrisa.

–Deberías llamarla y darle las gracias, Adan.

–Le enviaré una nota.

Elena le quitó al bebé de los brazos.

–No harás eso. Ella se merece hablar contigo personalmente y saber también que la llevas echando de menos desde que se marchó.

–Eso no es cierto. He estado muy ocupado criando a mi hijo y llevando a cabo mis obligaciones –repuso él a la defensiva.

–Puedes engañarte todo lo que quieras, pero a mí no puedes engañarme. Estás completamente enamorado de ella.

Adan evitó mirarla a los ojos. Recogió el cuadro y miró la pared que había encima de la cuna.

–Creo que ese será el lugar perfecto, justo encima de la cuna de Samuel para que se duerma sabiendo que estoy pendiente de él toda la noche.

–Dado que es evidente que no duermes, ¿por qué no vienes a vigilarlo en persona?

–Duermo perfectamente –replicó él mientras dejaba el cuadro en el suelo.

–Sí, claro.

–¿Puedes dejar de asumir que lo sabes todo sobre mí? –le espetó Adan mirándola por fin.

–Claro que lo sé –replicó Elena mientras volvía a dejar al niño en la cuna–. Te conozco mejor que nadie. Llevo a tu lado desde que naciste.

–Eso es cierto, pero no te da carta blanca para agobiarme ahora que soy adulto.

–Sí, pero desgraciadamente un adulto sin pizca de sentido común.

–Si me vas a decir que tomé la decisión equivocada al dejar que Piper se marchara, no estoy de acuerdo.

–Eso es mentira. Piper es tu alma gemela. No destruyas lo que pudiste tener con ella por ser tan testarudo y no ser capaz de admitir que te equivocaste al dejarla ir.

–No soy testarudo, sino sensato –replicó Adan–. Si

me conoces tan bien como dices, tendrías que saber que yo nunca he estado con una mujer más de seis años y ya sabemos los dos lo bien que me salió.

–Comparar a Talia con Piper es como comparar un cactus con un edredón de plumas. Ella te dio el modo de curar tus heridas con la verdad. Y tú se lo pagas negando lo que sientes por ella. Eres culpable por decir la mayor mentira de todas al negar el amor que sientes por Piper.

–Yo nunca he dicho que la ame –musitó él. Tenía miedo de enfrentarse a sus sentimientos.

–Escúchame –le ordenó Elena–. Recuerda cómo Piper cuidó de tu hijo generosamente. Cómo fingió ser tu esposa para que tú luego la mandaras irse como si se tratara de una criada. Si recuperaras el sentido común y decidieras ponerte en contacto con ella, le suplicarías perdón por haber sido un cretino.

–Me ofende que mi propia madre me llame idiota.

Elena sonrió.

–Significa mucho para mí que por fin me reconozcas como tu madre.

–Supongo que lo he sabido desde el principio –dijo él tras colocarle a Elena una mano en la mejilla–. Solo mi verdadera madre habría tolerado ciertos comportamientos.

–Y solo una verdadera madre accedería a criar a un niño que no es suyo y amar al padre de ese niño con todo su ser a pesar de las carencias de este.

Adan reconoció que ella se refería a Piper, pero no pudo aplacar lo que le preocupaba.

–¿Y si me pongo en contacto con ella y me rechaza? ¿Y qué le digo?

—Debes hablarle desde el corazón.

—Jamás se me ha dado bien…

—Mira, Adan. Tu padre también consideraba que revelar los sentimientos era una señal de debilidad y tú has heredado ese rasgo de él. Sin embargo, en realidad, el hombre más valiente es el que demuestra su vulnerabilidad por amor. Te pido que te armes de valor y le digas a Piper lo que sientes de verdad antes de que sea demasiado tarde.

Jamás se había retirado de una batalla y no debería evitar la guerra para recuperar a Piper. Además, tenía las armas perfectas para conseguir su rendición: su irresistible encanto y su maravilloso hijo.

Mientras pintaba el palacio de piedra rojiza de Bajul, Piper captó movimiento detrás de ella. Se acercó a la ventana y, al ver al hombre que empujaba una silla infantil, parpadeó dos veces para asegurarse de que lo que veía no era producto de su imaginación

Allí estaba el hombre que llevaba cuatro semanas turbando sus sueños, tan guapo como siempre. Apenas tuvo tiempo de quitarse el delantal y atusarse un poco el cabello. Se dirigió inmediatamente a la puerta y ocultó la sorpresa que sentía con una sonrisa.

—¿A qué debo este honor, su alteza?

Adan se inclinó y tomó a Sam en brazos.

—Este futuro piloto se ha empeñado en hacer una visita a la artista que nos regaló un cuadro tan hermoso.

Piper no se podía creer lo mono que estaba Sam vestido con un pequeño mono de piloto y unas botas de color beis.

–¿De verdad que ha dicho eso?

–Sí.

–Vaya… No tenía ni idea de que los bebés de tres meses pudieran hablar. Bueno, no os quedéis ahí de pie. Entrad, chicos, antes de que os deshagáis del calor.

Adan sujetó a Sam con un brazo y se inclinó para sacar la bolsa de los pañales de la sillita y se la colgó del hombro.

–Estamos acostumbrados al calor, pero esta humedad es insoportable. Por lo tanto, acepto de buen grado tu oferta.

Piper los condujo al pequeño salón y señaló el sofá.

–Siéntate, pero primero dame al niño.

–Es una casa muy acogedora y pintoresca –dijo él tras tomar asiento mientras miraba a su alrededor.

–Una bonita manera de decir que es muy pequeña –replicó ella mientras se sentaba enfrente de Adan con el niño en el regazo–, pero el alquiler es gratis. Mis abuelos viven en la casa principal. Esta es la de invitados.

–Lo sé. Tu abuelo salió a saludarme en cuanto nos bajamos del coche. Se mostró bastante cordial. Sigue muy contento de que le hayamos dado el proyecto a su empresa. Por cierto, va muy bien.

–Lo sé. Hablé con Rafiq hace unos días.

–No me lo dijo.

–No había motivo. Él sabía muy bien que cuando yo cumpliera las condiciones de nuestro acuerdo, podría regresar a mis asuntos como siempre.

–Y supongo que lo has hecho.

–En realidad, estoy dando unas clases privadas de pintura y estoy buscando un local para abrir una peque-ña galería. Lo más interesante es que mi abuelo está dispuesto a invertir. Le dije que ya era hora de que tuviera una vida propia. Mi abuela me ayudó a convencerle.

–Me alegra que seas feliz, Piper.

–Sí, lo soy. ¿Y tú?

–Me alegra tener un hijo y una profesión que me gusta. Aparte de eso… Todo sigue igual.

–¿Cómo está Elena?

–Está bien. Hemos hablado mucho sobre mi padre. Ella insiste que estaba muy orgulloso de mí y que le costaba expresar sus sentimientos. Yo voy a intentar que mi hijo sepa lo que siento hacia él.

–Estoy segura de que lo conseguirás…

–Tú siempre has tenido más fe en mí que la mayoría –dijo él mirándola fijamente a los ojos–. No me di cuenta de lo mucho que echaba de menos tu compañía cuando te marchaste. Te he echado mucho de menos. Mucho.

Piper no tenía ni idea de qué decir ni de cómo reaccionar. Le costaba tener esperanzas…

–Eso me recuerda que no he visto todavía dónde publicaste el comunicado de prensa que explicaba las razones de mi marcha.

–Eso es porque nunca lo envié. Dijimos a la prensa que estabas de viaje en los Estados Unidos para visitar a tu familia.

–¿Y de qué sirve retrasar la verdad? Tarde o temprano vas a tener que explicarlo todo.

–Bueno –susurró él con una extraña mirada en los ojos–, confío en que eso no sea necesario.

–¿Acaso esperas que todo el mundo se olvide de mí? –le preguntó ella atónita.

–No. Lo que espero es que después de que escuches lo que tengo que decirte, te des cuenta de qué es lo que busco –dijo él. Se puso de pie–. Rezo para que no sea demasiado tarde.

Completamente atónita, Piper vio cómo Adan se sacaba un pequeño estuche de terciopelo negro de un bolsillo e hincaba una rodilla en el suelo.

–Piper McAdams. Nunca he conocido a una mujer como tú. Nunca he estado enamorado hasta que te conocí. Probablemente no me merezco que me perdones por el modo en el que te traté, pero sinceramente creo que los dos nos merecemos estar juntos –sacó el anillo y se lo mostró–. ¿Quieres hacerme el honor de convertirte en mi esposa de verdad y en la madre de mi hijo?

Piper se quedó sin palabras. Tan solo podía mirar el diamante y pensar que, por fin, parecía que el cuento de hadas estaba a punto de hacerse realidad.

De repente, Sam le agarró un mechón de cabello y tiró con fuerza, haciendo que ella soltara un fuerte grito.

–Esa no era la respuesta que esperaba… –dijo él.

–¿Qué te parece todo esto, pequeñín? ¿Crees que debería aceptar?

Cuando el bebé gorjeó a modo de respuesta, Adan dijo:

–Creo que piensa que sí.

–Y yo creo que también –repuso ella, dándole la vuelta de nuevo al pequeño para que pudiera mirar a su padre.

Se puso de pie y dejó que Adan le pusiera el anillo en el dedo. Entonces, con el bebé entre ambos, él la besó suavemente y sonrió.

–Te amo, Piper, más que a nada en el mundo…

–Y yo también –afirmó ella.

–En cuanto nos casemos, quiero que te conviertas legalmente en la madre de Samuel.

–Será un honor para mí…

–Por supuesto, tiene el derecho a saber sobre Talia, aunque no sabré cómo explicárselo…

–Es sencillo. Cuando sea lo suficientemente mayor para comprender, le diremos que su madre lo amaba lo suficiente como para entregarlo porque sentía que era lo mejor para él. Supongo que esa es la razón que empujó a mi madre a abandonarnos. No estaba preparada para ser madre.

–Pero tú sí –afirmó él–. Yo me he dado cuenta de que no saber lo de Elena no le impidió ser la mejor madre que yo pudiera desear. Es también una abuela excelente y se muere por tenerte de nuera.

–¿Alguna idea de cuándo será la boda?

–Tan pronto como sea posible. Tal vez antes de que regresemos a Bajul.

–Podríamos celebrar la ceremonia en el jardín de mis abuelos.

–Como tú digas. Estoy dispuesto a hacer lo que sea con tal de establecer un futuro contigo.

Muy pronto, Piper dejaría de ser una esposa fingida para convertirse en la de verdad.

Epílogo

Si una mujer quería vivir en un palacio, el guapo novio que estaba a pocos metros de ella era el hombre perfecto para convertir ese sueño en realidad. Lo hizo tres meses atrás, tras una ceremonia civil celebrada en el jardín de los abuelos de Piper. En aquellos momentos, ella estaba más que dispuesta para asumir legítimamente su papel como princesa durante una elaborada recepción celebrada en su honor.

Llevaba veinte minutos hablando con desconocidos sin dejar de estudiar a su apuesto marido. Él llevaba un uniforme militar azul marino, adornado con insignias. En la mano, portaba orgulloso la alianza de boda.

Tal y como ocurrió la noche en la que lo conoció en Chicago, estaba hablando con una elegante rubia. Sin embargo, Piper no veía a aquella mujer como una amenaza. De hecho, era Madison Foster Mehdi, su cuñada.

Maysa, ataviada con un hermoso vestido color coral que no lograba ocultar su embarazo, iba del brazo de su esposo el rey. Con ella había establecido una relación muy cordial, al igual que con Rafiq, aunque en el caso del rey le había costado un poco más.

En resumen, Piper no podía estar más contenta con su familia política, ni tampoco con su esposo.

Adan se dirigió hacia ella y, cuando llegó a su lado, se inclinó y le susurró al oído.

–Tengo otro regalo para ti…

–Bueno, Adan, yo creo que el anillo que me diste ya es más que suficiente, igual que la maravillosa luna de miel en Nápoles.

Adan sonrió. Entonces, la estrechó entre sus brazos y le dio un ligero beso en los labios.

–Quédate aquí mientras voy a por tu sorpresa…

Al ver que Adan salía corriendo, Madison se acercó a Piper y le preguntó adónde iba su esposo tan deprisa.

–No lo sé… Dice que tiene un regalo para mí.

–Ah, eso… Ya me preguntaba yo cuándo iba a llegar.

–¿Acaso tú sabes algo, Madison?

–Sí. De hecho, yo le ayudé a organizarlo. Te va a encantar. Por cierto –añadió Madison tras mirar a su alrededor–, no he visto a Elena todavía. Prometió que bajaría en cuanto hubiera acostado a los bebés.

–A mí me dijo que iba a leerles un cuento.

–Pues buena suerte –comentó Madison riendo–. No estoy segura de que unos gemelos de un año y un bebé de seis meses le quepan en el regazo.

–Por suerte, Kira prometió ayudarla. Es maravillosa. No hay nada que no pueda hacer.

–Menos retener a un hombre –dijo Madison–. Al menos según ella.

–Sí… Es una pena que todos los Mehdi estén casados –bromeó Piper–. Sería una estupenda cuñada.

–Cierto –afirmó Madison. Entonces, señaló hacia la puerta de la sala, donde Adan estaba ya esperando–. Tu esposo está a punto de revelar la sorpresa. Prepárate.

Piper mantuvo la mirada fija en las puertas, preguntándose qué iba a aparecer tras ellas.

En el minuto en el que Sunny vio a su hermana, echó prácticamente a correr hacia ella. Las dos se abrazaron con fuerza y saltaron de alegría.

Piper miró a su alrededor y se dio cuenta de que todos los dignatarios las estaban mirando.

–Gracias a nuestra escandalosa muestra de afecto, ahora todo el mundo está convencido de que la nueva princesa está como una cabra.

Sunny sonrió y dio un paso atrás para mirar a su hermana de la cabeza a los pies.

–Estás estupenda, hermana. El color aguamarina te sienta muy bien, pero resulta evidente que yo vengo demasiado informal.

–Si hubieras aparecido aquí vestida con otra cosa que no fueran unos pantalones negros y una camisa blanca, habría dicho que no eras tú.

Las dos hermanas se echaron a reír. Adan se acercó por fin a ellas.

–¿Te he sorprendido, querida mía?

–Por supuesto que sí.

–Quería compensarte por el hecho de que yo no había estado en la boda –comentó Sunny.

–No pasa nada, querida hermanita. Podrás compensarme quedándote aquí unos días.

–Desgraciadamente, me marcho mañana. Voy a reunirme con Cameron en África para cubrir los últimos levantamientos.

–¿Y cómo te va con él?

–Ahí estamos –respondió Sunny encogiéndose de hombros–. Él quiere sentar la cabeza y tener hipoteca e hijos, pero yo no estoy preparada para eso.

Mientras seguían charlando, Piper se dio cuenta de

que un hombre estaba de pie solo a pocos metros de allí, mirándolos atentamente.

—¿Sabe alguien quién es ese hombre?

Sunny lo miró y respondió.

—Es Tarek Azzmar, un inversor marroquí que tiene dinero a montones. Lo conocí en México hace unos años, cuando fue a inaugurar un orfanato. Es hombre de pocas palabras. Un misterio. Un enigma.

—Lo ha invitado Rafiq —les informó Zain al pasar junto a ellos—. Aparentemente, se va a construir una mansión cerca del palacio. Podremos verla desde la terraza oeste, según dicen.

—Pues menuda intimidad —protestó Adan—. Bueno, ahora, si me perdonáis, me gustaría estar unos minutos a solas con mi esposa.

Adan la apartó del grupo y la condujo al vestíbulo de palacio, que estaba completamente vacío. Entonces, la tomó entre sus brazos.

—¿Cómo te sientes al ser una princesa?

—Es surrealista, pero maravilloso a la vez.

—Me alegra que estés contenta con esta tarea, porque me gustaría que acometieras otra. Tiene que ver con tus habilidades como pintora.

—¿Qué te gustaría que pintara?

—Me gustaría que retrataras a toda la familia. Rafiq quiere encargarte los cuadros y nombrarte pintora oficial de palacio para poder preservar así nuestra historia.

A Piper no le ocurría nada que le apeteciera más.

—Me siento profundamente honrada y haré lo que pueda para demostrar que estoy a la altura del desafío.

—Efectivamente, lo será. Tendrás que basarte en fotografías para retratar a mi padre. Ese lo colgaremos en el vestíbulo.

–Puedo hacerlo. ¿Y tu madre?

–Dado que está presente, puede posar. Eso no es problema.

Piper se alegró mucho al comprobar que había aceptado a Elena.

–Ese lo colgaremos en la habitación infantil, junto al tuyo y al de Sam.

–¿Podrás pintar uno de los tres juntos?

–Claro que sí. Y me pintaré más delgada –bromeó ella.

–No hay necesidad de eso –dijo él sonriendo–. Eres perfecta en todos los sentidos.

Y él también, al igual que su vida y su amor.

–Ahora que nos hemos ocupado de los detalles, ¿por qué no subimos y le damos las buenas noches a tu hijo?

–A nuestro hijo –le corrigió Adan.

–Tienes razón. Desde esta mañana, es legalmente mío.

Adan le apartó el cabello de los hombros y la besó suavemente.

–Es tuyo desde el principio y lo será para siempre.

En ese momento, Piper se dio cuenta de que había tenido mucha suerte al encontrar al jeque de sus sueños. Un verdadero tesoro. Un príncipe que se alejó de ella para regresar después y entregarle por completo su corazón.

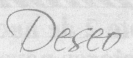

La fantasía del pirata

Anne Oliver

Era Navidad y Olivia Wishart había decidido olvidar el pasado y divertirse. Y nada mejor para divertirse que una elegante fiesta. Con su nuevo vestido rojo y unos zapatos de altísimo tacón, sujetando con fuerza una copa de champán, estaba decidida a vivir la vida al máximo.

Estaba convencida de que los nervios de la fiesta eran lo único capaz de acelerarle el corazón, hasta que apareció el hombre más guapo que había visto nunca. Y Olivia no iba a dejar pasar aquella oportunidad…

Tenía todo lo que ella podía desear

¡YA EN TU PUNTO DE VENTA!

Acepte 2 de nuestras mejores novelas de amor GRATIS

¡Y reciba un regalo sorpresa!

Oferta especial de tiempo limitado

Rellene el cupón y envíelo a

Harlequin Reader Service®
3010 Walden Ave.
P.O. Box 1867
Buffalo, N.Y. 14240-1867

¡Sí! Por favor, envíenme 2 novelas de amor de Harlequin (1 Bianca® y 1 Deseo®) gratis, más el regalo sorpresa. Luego remítanme 4 novelas nuevas todos los meses, las cuales recibiré mucho antes de que aparezcan en librerías, y factúrenme al bajo precio de $3,24 cada una, más $0,25 por envío e impuesto de ventas, si corresponde*. Este es el precio total, y es un ahorro de casi el 20% sobre el precio de portada. ¡Una oferta excelente! Entiendo que el hecho de aceptar estos libros y el regalo no me obliga en forma alguna a la compra de libros adicionales. Y también que puedo devolver cualquier envío y cancelar en cualquier momento. Aún si decido no comprar ningún otro libro de Harlequin, los 2 libros gratis y el regalo sorpresa son míos para siempre.

416 LBN DU7N

Nombre y apellido	(Por favor, letra de molde)

Dirección	Apartamento No.

Ciudad	Estado	Zona postal

Esta oferta se limita a un pedido por hogar y no está disponible para los subscriptores actuales de Deseo® y Bianca®.
*Los términos y precios quedan sujetos a cambios sin aviso previo.
Impuestos de ventas aplican en N.Y.